FOLIO SCIENCE-FICTION

H. P. Lovecraft

Je suis d'ailleurs

Traduit de l'américain
par Yves Rivière

Denoël

Cet ouvrage a été précédemment publié dans la collection
Présence du futur aux Éditions Denoël.

Titre original :
THE OUTSIDER

Howard Phillips Lovecraft (1890-1937) occupe une place singulière dans l'histoire de la science-fiction, et plus généralement dans celle de la littérature contemporaine. Créateur halluciné d'une cosmogonie imaginaire peuplée de créatures monstrueuses au statut quasi divin, il s'est efforcé dans ses écrits de dévoiler une réalité indicible, qui apparaît terrifiante de par sa cohérence et sa vraisemblance scientifiques.

« Tout ce que j'ai écrit, je l'ai d'abord rêvé. » Misanthrope, maladif, asocial, H. P. Lovecraft était à proprement parler hanté par l'univers terrifiant qu'il développa dans une cinquantaine de nouvelles pour la plupart restées inédites de son vivant.

Je suis d'ailleurs

Malheureux celui auquel les souvenirs d'enfance n'apportent que crainte et tristesse. Misérable celui dont la mémoire est peuplées d'heures passées dans de vastes pièces solitaires et lugubres aux tentures brunâtres et aux alignements obsédants de livres antiques, et de longues veilles angoissées dans des bois crépusculaires composés d'arbres absurdes et gigantesques, chargés de lianes, qui, en silence, poussent toujours plus haut leurs bras sinueux. Tel est le lot que les dieux m'ont accordé — à moi, l'étonné, le banni, le déçu, le brisé. Et pourtant je me sens étrangement satisfait et m'accroche farouchement à ces souvenirs flétris lorsque mon esprit, pour un moment, menace d'aller au-delà, chercher ce qui est *autre*.

Point ne sais où je suis né, mais le château était infiniment vieux et infiniment affreux, plein de passages obscurs et de hautes voûtes où l'œil, lorsqu'il se hasardait vers elles, ne décelait que nuit et toiles d'araignée. Les pierres dans les couloirs gauchis semblaient toujours atrocement humides, et il régnait partout une odeur maudite, odeur de charniers toujours renouvelés par les générations qui meurent. Il n'y faisait jamais jour ; il m'arrivait parfois d'allumer des chandelles et de chercher longtemps dans leur flamme fixe et immobile un soulagement ou un secours ; dehors non plus il n'y avait pas de soleil, car ces arbres haïssables s'élevaient bien au-dessus de la plus haute et de la plus inaccessible des tours. Il y avait pourtant une tour noire qui montait au-dessus des arbres dans le ciel inconnu de l'au-delà de la nuit, mais elle était à moitié en ruine et l'on ne pouvait y monter qu'au prix d'une escalade presque impossible le long de sa muraille lisse.

J'ai dû vivre des années dans cet endroit, mais je ne peux mesurer le temps. Des êtres ont dû veiller sur moi et prévoir mes besoins ; pourtant je ne peux me souvenir d'autre personne à l'exception de moi-même, de rien de vivant en dehors de mes compagnons silencieux, les rats, les chauves-souris et les araignées. Je pense que la personne, quelle qu'elle fût, qui veilla sur mes premières années devait être d'un âge incroyablement avancé, car ma première conception d'un être animé ressemble à une caricature de moi-même, déformée, réduite, et pourrissante comme le château même. Pour moi, il n'y avait rien d'horrible dans les os et les squelettes qui jonchaient certaines des cryptes de pierre, profondément enfouies sous les fondations. C'est incroyable, mais j'associais ces choses à la vie quotidienne, et les prenais pour plus naturelles que les images colorées d'êtres vivants que je rencontrais dans nombre de mes livres moisis. C'est dans ces ouvrages que j'ai appris tout ce que je sais. Je n'ai pas eu de précepteur pour me guider, pour me conduire, et je n'ai pas souvenir d'une voix humaine au cours de toutes ces années, pas même de la mienne — car si j'ai lu des livres qui parlaient du langage, je n'ai jamais essayé de parler à voix haute. Mon aspect physique, je n'y pensais jamais non plus, car il n'y avait pas de miroirs dans ce château, et je me considérais moi-même, automatiquement, semblable à ces êtres jeunes que je voyais dessinés et peints dans les livres. Et je me croyais jeune parce que j'avais peu de souvenirs.

Dehors, par-delà les douves putrides, sous les arbres sombres et muets, souvent je m'allongeais et restais à rêver pendant des heures à ce que j'avais lu dans les livres et, plein de nostalgie, m'imaginais mêlé à quelque foule joyeuse et gaie dans le monde ensoleillé qui débutait au-delà de l'interminable forêt. Une fois, j'essayai de fuir cette forêt, mais plus je m'éloignais du château, plus l'ombre moite s'alourdissait et plus l'air se chargeait d'une terreur enveloppante ; affolé, je retournai sur mes pas, éperdu de panique à l'idée que je ne pourrais retrouver mon chemin dans ce labyrinthe de silence obscur.

Ainsi, tout au long d'interminables crépuscules je rêvais et j'attendais ; j'attendais je ne sais quoi. Mais dans ma solitude noire, mon désir de clarté devint si fort et si poignant que je n'étais plus capable de me détendre, de me reposer, et que je tournais toujours mes regards et tendais toujours mes mains avides vers cette tour en ruine, sombre et solitaire, qui montait, au-dessus de la forêt, jusqu'au ciel inconnu de l'au-delà. Finalement, je me résolus à faire l'escalade de cette tour, dussé-je y périr ; car mieux valait voir le ciel, quitte à en mourir, que vivre sans jamais connaître le jour.

Dans le crépuscule moite, je montai donc les degrés de pierre usés par les siècles jusqu'au dernier, et ensuite, entamai la dangereuse ascension en m'aidant de saillies précaires aux jointures des pierres. Épouvantable, affreux et lisse, ce puits de pierre morte, un puits d'encre, fissuré, désert, sinistre avec ses chauves-souris étonnées dont j'éveillais les ailes silencieuses. Mais plus affreuse et plus angoissante encore la lenteur de ma progression ; car j'avais beau monter et monter, au-dessus de moi l'obscurité ne s'éclaircissait point ; une nouvelle terreur grandit en moi, celle que suscite la pourriture maudite et vénérable. Des frissons m'ébranlaient et je me demandais pourquoi je n'atteignais pas la lumière ; j'aurais baissé les yeux si je l'avais osé. J'imaginai un moment que la nuit devait être tombée d'un coup sur moi ; en vain, de la main, je tâtonnai pour essayer de rencontrer l'embrasure de la fenêtre par laquelle je pourrais me pencher et savoir à quelle hauteur j'étais déjà parvenu.

Mais tout à coup, après plusieurs éternités passées à me traîner, collé à la paroi de ce précipice concave et affolant, ma tête heurta quelque chose de dur, et je compris que je venais d'atteindre le toit ou tout au moins quelque palier. Toujours dans le noir, je levai une main et tâtai l'obstacle. Je m'aperçus qu'il était de pierre, et immuable.

C'est alors que j'entrepris cette aventure odieuse, faire le tour du donjon, m'accrochant aux faibles prises que m'offrait la muraille grasse ; finalement ma main, à force de quêtes sentit en un endroit l'obstacle remuer. Je me hissai, poussant de la tête la dalle ou la porte, car je me retenais des deux mains dans cet effort délirant. Aucune lumière ne se coula par la fente, et mes mains une fois glissées de l'autre côté de la surface, je compris que mon ascension était, cette fois, terminée. Car cette dalle servait de trappe, permettant d'accéder à une aire de surface plus grande que celle de la tour, en bas ; c'était certainement le plancher d'une vaste chambre de guet. Je m'introduisis lentement par l'ouverture, et voulus essayer d'empêcher la lourde dalle de retomber en place, mais échouai. En me laissant tomber sur la pierre lisse, j'avais à l'oreille l'écho sonore de sa retombée ; j'espérai que le moment venu, je pourrais de nouveau la forcer.

M'imaginant alors à une hauteur prodigieuse, bien au-dessus des plus hautes branches de la forêt maudite, je me redressai lourdement et fouillai la nuit de mes mains, à la recherche de fenêtres afin de pouvoir, pour la première fois, poser les yeux sur le ciel, la lune et les étoiles dont m'avaient parlé mes livres. Mais sur tous ces points je fus déçu : car tout ce que je rencontrai, ce furent d'interminables alignements de profondes étagères de marbre, chargées de longues et inquiétantes boîtes que je touchai en frissonnant. Et je réfléchissais, et je me demandais de plus en plus quels étaient donc ces innombrables secrets qu'enfermait depuis des temps et des temps cette pièce retranchée du château. Par surprise, mes mains sentirent l'embrasure d'une porte fermée par un vantail de pierre sculpté de ciselures étranges. Je voulus l'ouvrir ; elle était bien close. Dans un ultime sursaut de volonté, je m'acharnai et sentis finalement le battant venir à moi. Et c'est alors que me vint la plus pure extase que j'aie jamais connue ; brillant calmement derrière une grille aux contours élaborés, au-dessus de quelques marches surplombant la porte que je venais d'ouvrir, je vis la lune, pleine, radieuse, telle que je ne l'avais jamais vue hors de mes rêves et de vagues visions que je n'osais baptiser du nom de souvenirs.

Croyant avoir atteint la cime dernière du château, je me précipitai en haut de ces marches, de l'autre côté de la porte. À ce moment précis, la lune fut voilée d'un nuage. Je trébuchai, et cherchai de nouveau, lentement, mon chemin dans la nuit. Il faisait encore très sombre lorsque je parvins à la grille — que je palpai avec soin ; elle n'était pas fermée à clef, mais je ne l'ouvris pas, crainte de tomber du haut de l'altitude inimaginable à laquelle je devais me trouver. La lune sortit.

Le plus démoniaque de tous les chocs vous vient de l'inattendu le plus insondable ou de l'impensable le plus fou. Rien que j'eusse jamais connu ne pouvait se comparer à la terreur qui m'emplit au brusque spectacle que j'eus devant les yeux, et au sentiment des mystères qu'il impliquait. Le spectacle en lui-même était aussi simple que paralysant, et ce n'était rien d'autre que ceci : au lieu d'un panorama vertigineux de sommets d'arbres s'étendant au pied d'une hauteur sublime, ce que j'avais devant moi, à mon niveau, de l'autre côté de la grille, ce n'était rien d'autre que le *sol*, la terre ferme, peuplée en cet endroit de dalles de marbre et de colonnes, à l'ombre d'une vieille église de pierre dont la flèche ruinée rutilait comme un spectre sous la pâle lumière de la lune.

À moitié conscient, j'ouvris la grille et titubai sur le sentier de gravier blanc qui partait dans deux directions. Mon esprit, noyé par le choc et le chaos, était toujours rongé du besoin de lumière ; le fantastique mystère lui-même qui venait de surgir ne réussit pas à lui faire oublier son objet, à infléchir la course de mon destin. Je ne savais pas, et ne m'en souciais pas, si j'étais aux prises avec la folie, le rêve ou la magie ; mais j'étais plus que jamais déterminé à contempler la clarté et la joie, quel que dût en être le prix. Je ne savais ni qui j'étais ou ce que j'étais, ni l'endroit où je pouvais me trouver ; mais je continuais à marcher en aveugle, devant moi, et en même temps se levait lentement dans mon esprit une sorte de souvenir latent aussi bien qu'horrible qui soustrayait au hasard le choix de ma route. Par une arche, je quittai ce domaine des dalles et des colonnes, et m'aventurai dans la campagne ouverte, suivant parfois la route visible mais parfois la quittant aussi, bizarrement, pour traverser des prés où des ruines sporadiques signifiaient la présence oubliée d'un chemin d'autrefois. À un certain moment, il m'en souvient, je traversai à la nage un fleuve rapide, à l'endroit où d'antiques piles de maçon nerie moussues et ruinées demeuraient les seuls vestiges en cet endroit d'un pont depuis longtemps disparu.

Deux heures au moins s'écoulèrent avant que j'eusse atteint ce qui devait être mon but, un château vénérable couvert de lierre, au sein d'un parc cerné d'un bois épais, atrocement familier et pourtant empreint pour moi d'une incompréhensible étrangeté. Les douves étaient pleines, et plusieurs des tours trop connues étaient démolies, tandis qu'on avait édifié de nouveaux bâtiments, de nouvelles ailes, pour confondre le spectateur Mais ce que je vis avec le plus d'intérêt et de joie, ce furent les fenêtres ouvertes, merveilleusement scintillantes de lumières et d'où me parvenaient les sons d'une fête joyeuse. M'avançant vers une porte-fenêtre, je regardai à l'intérieur; j'aperçus une compagnie aux atours curieux en train de s'amuser, de rire et de s'ébattre bruyamment. Sans doute n'avais-je jamais entendu le son de la voix humaine, car je ne compris que vaguement ce qui se disait. Certaines des têtes semblaient avoir des expressions qui réveillaient en moi des évocations et des souvenirs incroyablement anciens; d'autres personnes m'étaient totalement étrangères.

Je pénétrai par cette porte dans la pièce brillamment illuminée, et, ce faisant, passai au même moment, de l'espoir le plus heureux aux convulsions du désespoir le plus noir, à la prise de conscience la plus poignante. Le cauchemar s'empara immédiatement de moi; dès que j'entrai, j'assistai à l'une des manifestions les plus terrifiantes qu'il m'ait jamais été donné de voir. À peine avais-je passé le seuil que s'abattit sur toute l'assemblée une terreur brutale, que n'accompagna pas le moindre signe avant-coureur, mais d'une intensité impensable, déformant chaque tête, tirant de chaque gorge ou presque les hurlements les plus horribles. Tout le monde s'enfuit aussitôt, et dans les cris et la panique, plusieurs personnes tombées en convulsions furent emportées loin de là par leurs compagnons affolés. J'en vis même plusieurs se cacher les yeux de leurs mains et courir de la sorte, aveugles et inconscients, se cognant aux murs, aux meubles, avant de disparaître par l'une des nombreuses portes de la salle.

Ces cris me glacèrent ; et je restai un moment comme paralysé dans la clarté éblouissante de cet endroit, seul, incrédule, gardant à l'oreille l'écho lointain de l'envol des convives terrifiés, et je tremblais à la pensée de ce qui devait rôder à côté de moi, invisible. Au premier coup d'œil rapide que je jetai, la pièce me parut déserte, mais en m'approchant de l'une des alcôves, j'eus l'impression d'y deviner une sorte de présence, l'ombre d'un mouvement derrière le cadre doré d'une porte ouverte qui menait à une autre pièce assez semblable à celle dans laquelle je me trouvais. M'approchant de cette arche, je perçus plus nettement cette présence, et finalement, tandis que je poussais mon premier et dernier cri — une ululation spectrale qui me crispa presque autant que la chose horrible qui me la fit pousser — j'aperçus, en pied, effrayant, vivant l'inconcevable, l'indescriptible, l'innommable monstruosité qui, par sa simple apparition, avait pu transformer une compagnie heureuse en une troupe craintive et terrorisée.

Je ne peux même pas donner l'ombre d'une idée de ce à quoi ressemblait cette chose, car elle était une combinaison horrible de tout ce qui est douteux, inquiétant, importun, anormal et détestable sur cette terre. C'était le reflet vampirique de la pourriture, des temps disparus et de la désolation ; le phantasme, putride et gras d'égouttures, d'une révélation pernicieuse dont la terre pitoyable aurait dû pour toujours masquer l'apparence nue. Dieu sait que cette chose n'était pas de ce monde — ou n'était plus de ce monde — et pourtant au sein de mon effroi, je pus reconnaître dans sa matière rongée, rognée, où transparaissaient des os, comme un grotesque et ricanant travesti de la forme humaine. Il y avait, dans cet appareil pourrissant et décomposé, une sorte de qualité innommable qui me glaça encore plus.

J'étais presque figé, mais non incapable d'effectuer un effort pour m'enfuir. Je titubai en arrière, sans pour autant parvenir à rompre le charme sous lequel me tenait ce monstre sans voix et sans nom. Mes yeux, ensorcelés par ces orbites vitreuses qui se vrillaient ignominieusement dans les miennes, mes yeux se refusaient à se fermer ; certes, et j'en remercie le ciel, la vision qu'ils me transmettaient était voilée, et, le moment du premier choc passé, je ne distinguais qu'indistinctement cet objet terrible. J'essayai de conjurer cette vision en portant ma main devant mon visage, mais mes nerfs étaient dans un tel état que mon bras ne répondit qu'imparfaitement à ma volonté. Cette tentative me fit à moitié perdre l'équilibre et je basculai en avant et trébuchai de plusieurs pas pour éviter de tomber. Je me rendis soudainement compte, dans un moment d'agonie, que la répugnante charogne était à *quelques centimètres* de moi ; il me semblait en entendre la sifflante et caverneuse respiration. Presque fou, j'eus encore la force de tendre le bras pour écarter la fétide apparition, si proche de moi, quand, dans une seconde où les cauchemars du cosmos rejoignirent les accidents du présent, *mes doigts entrèrent en contact avec la patte pourrissante et ouverte du monstre sous cet encadrement d'or.*

Non, ce ne fut pas moi qui hurlai ; tous les vampires sataniques qui chevauchent les vents nocturnes hurlèrent pour moi, en même temps que, dans l'espace de cette même seconde, s'effondrait d'un seul coup sur mon esprit la cataracte, l'avalanche annihilante des souvenirs, et que se rouvrait, à m'en déchirer l'âme, ma mémoire. En cette seconde, je compris tout ce qui avait été ; je me souvins de ce qui avait précédé le château effrayant avec ses arbres, et je reconnus l'altier édifice dans lequel je me trouvais ; et je reconnus, et rien ne fut plus terrible, l'abominable malédiction qui ricanait devant moi en même temps que je rompais le contact de mes doigts souillés avec les siens.

Mais le cosmos recèle aussi bien le baume que l'amertume, et ce baume est le népenthès. Dans l'horreur suprême de cette seconde, j'oubliai ce qui m'avait horrifié, et l'explosion de cette mémoire nocturne s'évanouit dans un chaos d'images, s'estompant en échos toujours plus lointains. Dans un rêve, dans un cauchemar, je m'enfuis en courant de cet endroit hanté et maudit, je courus, rapide autant que silencieux, vers la lumière de la lune. Je retrouvai le cimetière peuplé de marbre, descendis les degrés, mais la dalle de pierre était impossible à ouvrir. Et je ne le regrettai pas, car j'avais haï cet antique château et ses arbres impossibles. Maintenant, je chevauche les vents de la nuit, avec les vampires moqueurs et amicaux, et joue le jour parmi les catacombes de Nephren-Ka dans la vallée secrète et close de Hadoth, près du Nil. Je sais que la lumière ne m'est pas destinée, sauf celle de la lune sur les roches tombales de Neb, et qu'aucune gaieté ne me revient sinon les fêtes sans nom de Nitokris, sous la Grande Pyramide ; et pourtant dans ma nouvelle condition, dans ma nouvelle liberté, j'accueille presque avec le sourire l'amertume d'être autre.

Car quoique le népenthès ait mis la main sur moi, je sais pour toujours que je suis d'ailleurs, un étranger en ce monde, un étranger parmi ceux qui sont encore des hommes. Et cela je le sais du moment où j'ai tendu la main vers cette abomination dressée dans le grand cadre doré, depuis que j'ai porté mes doigts vers elle et que j'ai touché *une surface froide et immuable de verre lisse*

La musique d'Erich Zann

J'ai examiné des plans de la ville avec le plus grand soin et pourtant jamais je n'ai pu retrouver la Rue d'Auseil. Mes recherches ne se sont pas limitées aux plans actuels, car je sais que les noms changent. Au contraire, j'ai plus que longuement interrogé tous les témoignages anciens sur la ville, et j'ai personnellement exploré tous les quartiers, quels que fussent leurs noms, qui pouvaient receler une Rue d'Auseil. Mais malgré tous mes efforts, il me faut humblement avouer que je n'ai pu, que je ne peux retrouver ni la maison, ni la rue, ni le quartier de cette ville, où, pendant les derniers mois de ma précaire existence d'étudiant en métaphysique à l'Université, j'entendis la musique d'Erich Zann.

Que ma mémoire soit défaillante, je ne m'en étonne pas ; car mon équilibre, physique et mental, subit de rudes coups pendant toute l'époque de mon séjour Rue d'Auseil, et je sais fort bien que je n'ai fait venir en cet endroit aucune des rares personnes que je connais. Mais le fait que je ne puisse pas retrouver cet endroit est à la fois curieux et inquiétant, car il se trouvait à moins d'une demi-heure de marche de l'Université et se distinguait par des traits si particuliers que toute personne l'ayant vu une fois était incapable de l'oublier. Je n'ai jamais rencontré une seule personne qui connût la Rue d'Auseil.

La Rue d'Auseil se trouvait de l'autre côté d'un fleuve sombre, bordé d'immenses entrepôts de briques aux fenêtres opaques, et franchi par un lourd pont de pierre noirâtre. L'air était toujours gris et presque obscur près de ce fleuve, comme si la fumée des usines proches y empêchait en permanence le soleil de percer. Ce fleuve émettait aussi une odeur chargée de relents douteux que je n'ai jamais sentis autre part, et qui pourront peut-être un jour me permettre de le retrouver car je les reconnaîtrais immédiatement. Au-delà du pont, d'étroites ruelles pavées, longées de grilles. Et on montait ensuite, doucement d'abord, puis très vite : on était arrivé à la Rue d'Auseil.

Je n'ai jamais vu de rue aussi étroite et aussi raide que la Rue d'Auseil. C'était presque une escalade ; elle était fermée à tous véhicules, coupée d'escaliers par endroits, et bouchée à son sommet par un mur élevé et couvert de lierre. Son revêtement changeait en cours de route : par endroits de vastes dalles ; en d'autres des pavés ; en d'autres encore une terre battue à laquelle s'accrochait comme elle pouvait une végétation d'un vert grisâtre. Les maisons qui bordaient la rue étaient hautes, avec des toits pointus, incroyablement vieilles, et toutes penchaient de la façon la plus fantasque qui fût, en avant, en arrière ou de côté. Par endroits, deux maisons se faisant face s'inclinaient l'une vers l'autre formant une sorte de pont au-dessus de la rue, ce qui l'empêchait naturellement d'être bien claire. Il y avait aussi quelques passerelles jetées à hauteur d'étage d'une maison à l'autre.

Les habitants de cette rue me firent une impression profonde. Au début, je pensai que c'était parce qu'ils paraissaient tous silencieux et secrets, mais plus tard je compris que c'était parce qu'ils étaient tous très vieux. Je suis incapable de dire ce qui m'a amené à vivre dans une pareille rue : je n'étais pas moi-même lorsque j'y emménageai. J'avais vécu jusqu'alors dans des endroits misérables d'où mon manque d'argent m'avait toujours fait partir ; je finis par tomber sur cette bâtisse chancelante de la Rue d'Auseil tenue par Blandot le paralytique. C'était la troisième maison à partir du bout de la rue, et de loin la plus haute de toutes.

Ma chambre se trouvait au cinquième étage ; la seule qui y fût occupée, car la maison était presque vide. La nuit de mon arrivée, j'entendis, venant des mansardes au-dessus de moi, une étrange musique, et le lendemain j'interrogeai le vieux Blandot. Il me répondit que c'était un vieil Allemand qui jouait de la viole, un homme muet, étrange, qui signait du nom de Erich Zann et qui le soir faisait partie d'un pauvre orchestre d'opéra ; et il ajouta que Zann, ayant la manie de jouer la nuit après son retour du théâtre, avait choisi cette mansarde isolée, dont l'unique fenêtre, ménagée dans le toit, était le seul endroit d'où l'on pouvait voir, par-dessus l'énorme mur se dressant au bout de la rue, l'autre versant de la colline et le panorama qui s'étendait au-delà.

par la suite, j'entendis Zann chaque nuit, et, bien qu'il m'empêchât de dormir, je me sentis progressivement hanté par la bizarrerie de sa musique. Quoique ignorant presque tout de cet art, j'étais convaincu qu'aucune de ses harmonies ne pouvait entretenir le moindre rapport avec une musique déjà entendue ; et j'en conclus que le vieil homme était un compositeur hautement original. Plus j'écoutais, plus j'étais fasciné, et finalement, au bout d'une semaine, je me décidai à faire la connaissance du vieux musicien.

Un soir qu'il revenait de son travail, je lui adressai la parole dans le couloir : je luis dis que j'aimerais le connaître et l'écouter jouer. C'était un vieil homme mince, petit, courbé en deux, avec des vêtements râpés, des yeux bleus, une tête caricaturale qui faisait penser à celle d'un satyre, et un crâne presque chauve ; à mes premiers mots, il parut à la fois furieux et effrayé. Mais mon bon vouloir était si évident qu'il finit par se radoucir ; et, grognant vaguement, il me fit signe de le suivre dans l'escalier noir, craquant, branlant, qui menait chez lui. Sa chambre — il n'y en avait que deux sous ce toit pointu — donnait sur l'Ouest, dans la direction du haut mur sur lequel se terminait la rue. Déjà très grande, son extraordinaire abandon, sa nudité presque totale la faisaient paraître immense. En fait de mobilier, il n'y avait qu'un lit de fer étroit, un nécessaire de toilette ébréché, une petite table, une grande bibliothèque, un pupitre à musique métallique, et trois fauteuils vieillots. Sur le plancher, en désordre, des cahiers de musique. Les murs étaient faits de planches nues qui sans doute n'avaient jamais connu le crépi ; la poussière omniprésente, les innombrables toiles d'araignée évoquaient un endroit désert et inhabité. L'univers esthétique d'Erich Zann hantait de toute évidence les lointains cosmos de l'imagination.

Me faisant signe de m'asseoir, le muet ferma la porte, poussa le gros verrou de bois et alluma une bougie, en plus de celle qu'il tenait à la main. Puis il sortit sa viole de son étui dévoré par les mites, et, finalement, son instrument en main, il s'installa dans le moins inconfortable des fauteuils. Il ne se servit pas de son pupitre, et, sans me proposer de choix et jouant de tête, il me ravit pendant plus d'une heure avec des morceaux que je n'avais jamais entendus ; des morceaux qui devaient être de sa propre invention. Les décrire avec exactitude est impossible à une personne ignorant tout de la musique. C'était une sorte de fugue avec des reprises véritablement merveilleuses, mais je remarquai surtout l'absence totale de ces accords bizarres que j'avais entendus de ma chambre les autres nuits.

Ces notes ensorcelantes, je m'en souvenais, et je me les étais souvent fredonnées et sifflotées, pour autant que j'en avais été capable, si bien que lorsque le musicien posa son archet, je lui demandai s'il voulait bien m'en rejouer quelques passages. À ma question, les traits de mon hôte à la tête de satyre perdirent subitement le calme quelque peu indifférent qu'ils avaient revêtu pendant tout le récital, et parurent trahir ce curieux mélange de colère et de frayeur que je leur avais vu lorsque j'avais abordé le vieillard pour la première fois. Pendant un moment, peu respectueux des sautes d'humeur de la vieillesse, je voulus insister, et j'essayai même de piquer cet hôte au tempérament instable en lui sifflant un des airs que j'avais entendus la nuit précédente. Mais je ne m'entêtai pas longtemps dans cette voie ; dès que le vieux musicien eut reconnu ce que je sifflais, ses traits se déformèrent brutalement, possédés par un sentiment défiant l'analyse, en même temps qu'il levait sa longue main froide et osseuse pour me fermer la bouche et imposer silence à cette imitation maladroite. Et le regard craintif qu'il jeta en direction de la fenêtre solitaire, aveuglée par un rideau, comme s'il redoutait l'arrivée d'un intrus, me donna une preuve supplémentaire de sa bizarrerie ; c'était doublement absurde puisque la mansarde était bien plus haute que les toits des maisons voisines, par conséquent inaccessible, le seul endroit, le concierge me l'avait dit, d'où il était possible d'apercevoir ce qu'il y avait de l'autre côté du mur fermant la rue.

Ce regard jeté par le vieil homme me remit à l'esprit cette remarque de Blandot, et, non sans une certaine malice, je voulus aller contempler le vaste et vertigineux panorama des toits baignés par la lune, de la ville illuminée, que l'on devait découvrir de l'autre côté de la colline et que, seul de tous les habitants de la Rue d'Auseil, ce vieux musicien grincheux pouvait voir. J'allai à la fenêtre et j'en aurais tiré les rideaux anonymes si le vieillard, dans une rage terrorisée comme je ne lui en avais pas encore vu, le locataire muet ne s'était précipité sur moi. Empoignant mes vêtements pour me faire reculer, il me fit clairement comprendre qu'il entendait me mettre à la porte. Dégoûté de cet hôte impossible, je lui demandai sèchement de me lâcher, ajoutant que j'allais partir sur-le-champ. Il me laissa aussitôt, et voyant que j'étais blessé et furieux, sa propre colère parut s'apaiser. Il posa à nouveau la main sur moi, cette fois-ci dans un geste amical, et m'obligea à m'asseoir dans un fauteuil ; puis, avec une sorte d'expression songeuse, il alla s'asseoir à la table encombrée et, armé d'un crayon, se mit à couvrir une page d'un français laborieux.

Le papier qu'il me tendit finalement était un appel à ma tolérance et à mon oubli des offenses. Zann me disait qu'il était âgé, solitaire, et sujet à d'étranges terreurs et à des troubles nerveux non sans rapport avec son art et avec d'autres choses aussi. Il était très heureux que je fusse venu l'écouter, espérait que je reviendrais, et que je consentirais à oublier ses excentricités. Mais il ne pouvait pas jouer à une personne étrangère les harmonies qui m'avaient frappé, et il ne pouvait pas supporter que quelqu'un d'autre lui en parlât ; de même, il ne pouvait supporter qu'une autre personne touchât aucun objet dans cette chambre. Il ne s'était pas rendu compte, jusqu'au moment où je l'avais abordé dans le couloir, que je pouvais l'entendre jouer de ma chambre, et il me demandait si je voulais bien prier Blandot de me donner une autre chambre à un étage inférieur, d'où je ne pourrais pas l'entendre pendant la nuit. Il était disposé, avait-il enfin écrit, à me défrayer des dépenses supplémentaires.

Au fur et à mesure que je lisais avec peine ce français exécrable, je sentis ma mauvais humeur à l'égard du vieil homme s'apaiser. Il était atteint de troubles physiques et mentaux, comme moi ; et mes études en métaphysique m'avaient enseigné la tolérance. Dans le silence qui régnait alors, on entendit un léger bruit venant de la fenêtre — le vent nocturne qui, sans doute, faisait battre le volet ; mais, pour une raison ou pour une autre, je sursautai presque aussi violemment qu'Erich Zann. Dès que j'eus terminé son message, je lui donnai une poignée de main et le quittai, en ami.

Le jour suivant, Blandot me donna une chambre moins économique au troisième étage, entre l'appartement d'un vieil usurier et la chambre d'un tapissier respectable. Personne n'habitait au quatrième étage.

Mais au bout de peu de temps, je me rendis compte que Zann était loin d'éprouver un désir aussi réel de me voir qu'il avait paru le manifester lorsqu'il m'avait supplié de quitter son étage. Non seulement il ne me demanda pas d'aller lui rendre visite, mais lorsque je le fis, il sembla mal à l'aise et joua d'un air distrait. Ceci se passa naturellement la nuit — le jour, il dormait et ne recevait personne. Ma sympathie pour lui évidemment ne s'en trouva pas renforcée, et pourtant cette mansarde et cette étrange musique semblaient exercer sur moi une fascination curieuse, mais de plus en plus marquée. J'éprouvais un désir presque insurmontable d'aller regarder par cette fenêtre, par-dessus le mur, le versant invisible de la colline, les toits et les flèches luisantes qui devaient s'y trouver. Un jour, je montai à la chambre solitaire à l'heure du théâtre, en l'absence de Zann, mais sa porte était fermée à clef.

Je réussis néanmoins à surprendre le jeu solitaire et nocturne du vieil homme muet. Au début, je montai sur la pointe des pieds jusqu'à mon ancien cinquième étage. Ensuite, mon audace s'accentuant, je m'avançai jusqu'aux dernières marches de l'escalier grinçant qui menait à la mansarde. Là, dans ce couloir étroit, devant cette porte bloquée, le trou de la serrure bouché, j'entendis plus d'une fois des bruits qui me remplissaient d'une anxiété indéfinissable — crainte d'un mystère vague, d'une trouble énigme ; non pas que ces sons fussent désagréables à l'oreille ; ils ne l'étaient pas mais ils étaient animés de vibrations qui ne rappelaient absolument rien de connu sur terre, et à certains moments, assumaient une qualité réellement symphonique que, même par l'imagination, je ne pouvais mettre sur le compte du musicien seul. Il n'y avait aucun doute, Erich Zann était un génie exceptionnel. Tandis que les semaines s'écoulaient, le jeu devenait toujours plus sauvage, et le vieux musicien faisait preuve d'absences toujours plus nettes en même temps que d'une pitoyable volonté de passer inaperçu. Il refusait systématiquement de me recevoir, et se détournait de moi chaque fois que nous nous croisions dans l'escalier.

Puis, une nuit, alors que j'écoutais à sa porte, j'entendis la viole insensée porter ses harmonies jusqu'à un déferlement chaotique : c'était un pandémonium qui aurait pu me faire douter de ma précaire santé mentale, si ne m'était parvenue de derrière cette porte condamnée la preuve atroce que le drame était bien réel — ce pleur épouvantable, inarticulé, ce sanglot que seul un muet peut émettre, et qu'il ne pousse que dans les moments de terreur ou d'angoisse les plus effrayants. Je frappai fébrilement au vantail mais ne reçus aucune réponse. Je restai à attendre dans ce couloir obscur, tremblant de froid et de crainte ; mais je perçus enfin les tristes efforts du musicien qui essayait de se relever en s'aidant d'un des fauteuils. Pensant qu'il venait de reprendre conscience après s'être évanoui, je recommençai à frapper à la porte tout en lui criant mon nom pour le rassurer. J'entendis Zann tituber jusqu'à la fenêtre, fermer les volets et la vitre, puis revenir, péniblement, à la porte, et, enfin, d'une main tremblante, m'ouvrir. Cette fois, la joie qu'il montrait à me voir était authentique ; son visage encore crispé s'éclaira en me reconnaissant ; il agrippa les pans de ma veste, comme un enfant les jupes de sa mère.

Agité de frissons pathétiques, le vieil homme m'obligea à m'asseoir dans un fauteuil tandis qu'il se laissait tomber dans un autre ; sa viole et son archet gisaient à terre, abandonnés. Il resta assis un long moment sans rien faire, hochant bizarrement la tête, et, curieusement, comme s'il était en train d'écouter quelque chose, avec autant d'intensité que de crainte. Il parut enfin satisfait de ce qu'il entendit, ou n'entendit pas, et, s'installant dans le fauteuil qui faisait face à la table, il m'écrivit quelques lignes sur une feuille de papier qu'il me tendit, puis il retourna à la table et se remit à écrire, d'une main fébrile et pressante. La note qu'il m'avait passée m'implorait au nom de la pitié humaine, et de ma propre curiosité, d'attendre qu'il eût fini d'écrire : il me ferait un compte rendu détaillé en allemand de toutes les merveilles et de toutes les horreurs qui l'obsédaient. J'attendis ; le crayon du vieil homme courait sur le papier.

Environ une heure plus tard, alors que j'attendais toujours, regardant les feuillets couverts d'une écriture fiévreuse s'empiler les uns sur les autres, je vis soudain Zann se contracter comme sous l'effet d'un choc très violent. Il n'y avait pas à en douter, il fixait bien la fenêtre obstruée par les rideaux, l'oreille tendue, en transe. Puis j'eus vaguement l'impression d'entendre moi-même un son. Rien d'horrible, mais bien plutôt comme une note musicale merveilleusement sombre, infiniment distante, comme en aurait pu lancer un musicien d'une des maisons voisines, ou d'une retraite située au-delà du grand mur par-dessus lequel je n'avais toujours pas pu regarder. Sur Zann en tout cas, l'effet fut terrible ; abandonnant son crayon, il se leva brusquement, s'empara de sa viole et commença à rompre le silence nocturne de la musique la plus folle qui me soit jamais parvenue aux oreilles pendant les nuits passées de l'autre côté de sa porte.

Il serait inutile d'essayer de décrire ce que fut le jeu d'Erich Zann pendant ces heures-là. Plus effrayant que tout ce que j'avais jamais entendu en cachette, car maintenant je pouvais voir l'expression de sa figure et je me rendis compte, cette fois-ci, qu'il était animé par la terreur la plus réelle. Il essayait de faire du bruit, de chasser quelque chose, de noyer quelque chose — mais quoi ? Je ne pouvais l'imaginer, mais ce devait être redoutable. Son jeu était fantastique, délirant, hystérique, et pourtant il conserva jusqu'à la fin ces qualités de génie suprême que je savais appartenir à cet étrange vieillard. Je reconnaissais l'air — une sorte de danse hongroise échevelée que l'on jouait beaucoup dans les théâtres, et je me dis, un moment, que pour la première fois j'entendais Zann jouer la musique d'un autre compositeur.

Toujours plus forte, toujours plus forte et plus sauvage montait la supplication de cette viole désespérée. Le joueur était en nage, inondé d'une transpiration inquiétante ; il se démenait comme un automate, fixant toujours fébrilement la fenêtre fermée. À travers cette musique indicible, je pouvais presque deviner des satyres et des bacchantes masqués qui dansaient, qui tourbillonnaient au sein d'abîmes insondables peuplés de nuées et sillonnés d'éclairs. Puis j'eus l'impression d'entendre une note plus haute et plus régulière, et qui, elle, ne provenait pas de la viole ; une note moqueuse, calme, volontaire, et qui venait de très loin vers l'Ouest.

À ce moment précis, le volet se mit à battre sous

l'effet d'une bourrasque qui venait de se lever dans la nuit, comme pour répondre à la musique folle jouée dans la chambre. La viole déchaînée de Zann se surpassa, émettant des sons dont je ne l'aurais jamais crue capable. Le volet battait toujours plus fort, il se déverrouilla et se mit à buter alternativement contre la fenêtre et contre le mur. Puis les vitres se fracassèrent sous ces ébranlements répétés et un vent glacé s'engouffra dans la pièce ; les bougies vacillèrent et s'envolèrent de la table les feuilles de papier sur lesquelles Zann avait commencé à me confier son horrible secret. Je me tournai vers lui et m'aperçus qu'il avait perdu connaissance. Ses yeux bleus sortaient de leurs orbites, vitreux, aveugles, et la mélodie hystérique n'était plus qu'une sorte d'orgie folle et mécanique dont aucun mot ne saurait donner le moindre aperçu.

Une rafale plus violente que les autres souleva le manuscrit et l'emporta vers la fenêtre. Dans un essai désespéré, je voulus me lancer à la poursuite des feuilles tourbillonnantes, mais elles avaient disparu dans la nuit avant que j'eusse pu atteindre la fenêtre béante. Il me revint alors en mémoire ma vieille envie de regarder par cette fenêtre, la plus haute de la plus haute maison de la rue d'Auseil, d'où l'on pouvait apercevoir le versant de l'autre côté du mur, et la ville endormie à ses pieds. Il faisait nuit, mais les lumières de la ville brûlaient encore à cette heure, et je m'attendais à les voir à travers la pluie et le vent. Pourtant, quand je regardai de cette mansarde aérienne, quand je regardai, le dos tourné aux bougies clignotantes et au hurlement vers la nuit de cette viole incroyable, je ne vis rien : pas de ville étalée en bas, pas de lumières familières dans des rues mille fois arpentées, rien ; seul l'infini d'un espace sans fond ; d'un espace inimaginable vibrant de musique et de mouvement, ne ressemblant à rien de ce qui pouvait exister sur cette terre. Et au moment même où je contemplais ce spectacle, empli d'une sainte terreur, le vent souffla les deux bougies, me laissant seul dans cette mansarde solitaire, au sein d'une obscurité sauvage et impénétrable, avec, devant moi, ce chaos, ce pandémonium, et, derrière moi, le délire démoniaque de la viole hurlant à la lune.

Je trébuchai à reculons dans le noir, n'ayant rien qui m'eût permis de rallumer les bougies, me cognai contre la table, renversai un fauteuil, cherchant à tâtons l'endroit d'où provenait la musique interdite. Nous sauver, Erich Zann et moi, je pouvais le tenter, quels que fussent les pouvoirs auxquels j'avais à faire face. Un moment, je crus sentir quelque chose de froid me frôler ; je hurlai, mais mon cri je ne l'entendis même pas moi-même par-dessus la viole en démence. Tout à coup, toujours dans l'obscurité, l'archet me frôla, et je compris que j'étais tout près du musicien. Avançant les bras, je rencontrai le dos du fauteuil de Zann, tâtonnai, trouvai son épaule, la secouai pour le faire revenir à lui.

Il ne réagit pas, et la viole continua à grincer, sans marquer de pause. Je posai ma main sur la tête de Zann, interrompis son branlement mécanique ; je criai dans l'oreille du vieillard qu'il nous fallait à tout prix fuir les choses inconnues qu'éveille la nuit. Mais il ne me répondit pas, ne ralentit pas le rythme de sa musique inexprimable, et pendant ce temps, d'étranges tourbillons d'air semblaient danser dans la nuit et l'orgie sonore. Lorsque ma main rencontra l'oreille de Zann, je frémis, sans comprendre pourquoi — jusqu'à ce que j'aie touché, palpé la tête impossible ; cette tête glacée, raide, immobile, dans laquelle des yeux vitreux saillaient dans le noir, fixés sur le vide. Puis, par une sorte de miracle, je trouvai la porte avec son verrou de bois, et je m'enfuis comme un fou loin de cette chose aux yeux vitreux, immobile dans le noir, et de la mélodie vampirique de cette viole maudite dont l'ardeur me parut croître encore au moment où je la quittai.

J'ai dévalé, quatre à quatre, sans rien voir, les interminables escaliers de cette bâtisse obscure ; dévalé sans m'en rendre compte cette rue étroite, antique, raide, coupée de marches, bordée de maisons chancelantes ; trébuché sur les pavés inégaux des rues basses, jusqu'au fleuve putride enserré entre ses murs aveugles ; j'ai couru enfin jusqu'à l'autre bout du pont immense confondu dans la nuit, jusqu'aux avenues, jusqu'aux boulevards larges et rassurants que nous connaissons ; ces souvenirs atroces traînent encore dans ma mémoire. Et je me rappelle aussi qu'il n'y avait pas de vent cette nuit-là, que la lune brillait et que toutes les lumières de la ville clignotaient.

Malgré toutes mes recherches, malgré toutes mes enquêtes, je n'ai jamais pu, depuis, retrouver la rue d'Auseil. Et je ne le regrette qu'à demi, qu'il s'agisse du fait en lui-même ou de la perte, dans d'impensables abîmes, des feuillets denses qui seuls pourraient expliquer la musique d'Erich Zann.

L'indicible

Nous étions assis sur une pierre tombale abandonnée, vieille de trois siècles, par une fin d'après-midi d'automne, dans le vieux cimetière d'Arkham, et l'indicible occupait nos pensées. Les yeux fixés sur le saule géant de ce territoire réservé aux morts, dont les puissantes racines, puis le tronc, avaient presque englouti une dalle indéchiffrable, je m'étais permis une remarque bien personnelle sur les sucs fétides autant que subtils que l'inexorable réseau nourricier de l'arbre devait distiller de la terre séculaire de cet ossuaire ; mon ami s'était moqué de ce qu'il avait appelé des enfantillages et m'avait répondu que puisque aucun ensevelissement n'avait eu lieu en cet endroit depuis plus d'un siècle, la terre ne pouvait rien receler que de parfaitement normal. De plus, avait-il ajouté, ma préoccupation constante de ce que j'appelais les choses « innommables » et « indicibles » trahissait en moi un esprit fort puéril, non sans rapport avec ma réussite plus que relative dans le métier d'écrivain que je m'étais choisi. J'aimais trop terminer mes histoires sur des spectacles ou des bruits qui paralysaient les facultés de mes héros, et leur enlevaient toujours le courage, les moyens ou la force de raconter ce par quoi ils étaient passés. Nous ne connaissons les choses, avait-il dit, que par l'intermédiaire de nos cinq sens ou de nos intuitions religieuses, et, par conséquent, il est impossible de parler sérieusement d'un objet ou d'un spectacle que ne peuvent expliquer clairement les définitions solides qu'offrent les faits aussi bien que les doctrines admises des théologies — de préférence du reste la théologie congrégationaliste, tout en acceptant les transformations, les adaptations imposées par la tradition ou par Sir Arthur Conan Doyle.

J'avais souvent partagé de longues heures pâles avec cet ami, Joel Manton, en discussions interminables. Docteur de l'East High School, né à Boston, élevé dans cette ville, il en partageait l'indifférence caractéristique et satisfaite de toute la Nouvelle-Angleterre à l'égard des harmoniques les plus délicats du monde sensible. Selon lui, et c'était le point de vue qu'il défendait, seules nos expériences normales et objectives ont une signification esthétique, et le rôle de l'artiste est moins de susciter des émotions fortes à l'aide de l'action, de l'extase ou de la stupeur que d'entretenir un intérêt calme et permanent, un jugement sain chez le lecteur à l'aide de transcriptions exactes et détaillées de la vie quotidienne. Il s'élevait tout particulièrement contre mon souci du mystique et de l'inexpliqué. Car, quoique croyant bien plus que moi, à un certain point de vue, au surnaturel, il refusait de le tenir suffisamment ordinaire et fréquent pour avoir droit d'intéresser le travail littéraire. Qu'un esprit pût trouver ses joies les plus hautes dans des échappées originales, aux antipodes de la routine de tous les jours, et dans des combinaisons aussi frappantes que neuves de ces images que l'habitude et la lassitude, à force de les faire repasser dans le sillon ébréché et usé de la normale, ont dépouillé de tout élément vivant, voilà qui était impensable pour cet esprit clair, pratique et éminemment logique. Pour lui, toute chose, tout sentiment avait des dimensions, des propriétés, des causes et des effets bien déterminés ; et quoiqu'il eût vaguement conscience du fait que l'esprit parfois nourrit des visions et des sensations d'une nature beaucoup moins géométrique, classifiable et utilisable, il se croyait justifié à tracer une frontière arbitraire, et à tenir pour quantité négligeable tout ce qui ne peut être vécu et pleinement compris par l'homme de la rue. De plus, il était pratiquement certain que rien ne pouvait être vraiment « indicible ». Cela ne lui paraissait pas sérieux.

Quoique parfaitement conscient de la futilité d'une discussion sur l'imaginaire ou la métaphysique en face du solide bon sens d'un citoyen normal de nos contrées, quelque chose dans ce décor et dans le moment fit naître en moi une humeur querelleuse plus marquée qu'à l'ordinaire. Ces dalles d'ardoises à moitié délitées, ces arbres patriarcaux, les toits en croupe de la vieille cité, autrefois familière aux sorcières, qui s'étendait autour de moi, tout cela se combina pour me pousser à entreprendre la défense de mon travail.

Même, je ne tardai guère à lancer mes troupes en territoire ennemi. En vérité, la contre-attaque n'était pas bien difficile, car je savais que Joel Manton, en fait, se souvenait plus qu'à moitié de mille superstitions de vieilles femmes que toutes les personnes sophistiquées ont oubliées depuis longtemps. Croyance, par exemple, que des agonisants peuvent apparaître subitement de l'autre côté du monde, ou que des têtes d'autrefois peuvent laisser leur marque sur les vitres à travers lesquelles elles ont regardé pendant toute leur vie. Accorder foi à ces rumeurs dignes de la campagne, insistai-je, attestait sa foi en l'existence de substances fantomatiques sur la terre, différentes de leurs contreparties matérielles bien que liées à elles. Ce qui supposait le droit de croire en des phénomènes inexplicables par les concepts courants ; car si un homme mort peut transmettre son image tangible et visible de l'autre côté du monde, ou lui faire enjamber le cours des siècles, comment serait-il absurde d'imaginer que des demeures abandonnées peuvent être peuplées de choses bizarres mais sensibles ou que les vieux cimetières bruissent de l'intelligence terrible et désincarnée des générations disparues ? Et comme l'esprit, pour pouvoir provoquer toutes les manifestations qui lui sont attribuées, ne peut se plier aux lois qui régissent la matière, pourquoi serait-il grotesque d'imaginer des choses mortes douées d'une vie psychique et possédant des formes ou des absences de forme qui seraient pour les humains ordinaires foncièrement, terriblement innommables ? Le « bon sens », opposé à ces notions, déclarai-je à mon ami non sans quelque chaleur, n'est qu'une méprisable et pitoyable absence d'imagination et de souplesse mentale.

Le crépuscule maintenant avait étendu sur nous son manteau d'ombre, mais ni Joel ni moi n'éprouvions le besoin ou l'envie d'arrêter là cette discussion. Manton paraissait toujours aussi insensible à ce que je lui disais, et plus que disposé à me réfuter, animé comme il l'était par cette confiance en sa propre opinion, responsable, en grande partie, de sa réussite dans sa carrière d'enseignant. Et moi, de mon côté, j'étais trop certain de ce que j'avançais pour craindre la défaite. L'obscurité s'approfondissait, les lumières commencèrent à scintiller derrière quelques-unes des fenêtres au loin, mais nous ne bougions pas. Nous étions, soit dit en passant, fort bien assis sur notre tombe, et je savais que mon ami, prosaïque comme il l'était, ne s'inquiéterait pas de la profonde fissure ménagée dans l'antique assemblage de brique, pétri par les racines, qui se trouvait juste derrière nous, non plus que de la dense obscurité que valait à l'endroit la proximité d'une bâtisse du dix-septième siècle, branlante et déserte, dressée entre nous et la rue éclairée la plus proche. Donc, dans la nuit, près de cette fosse à demi ouverte, et de cette maison sans occupant, nous parlâmes de l'« indicible ». Et lorsque mon ami eut fini, en riant, de réfuter mes arguments, je lui dévoilai les preuves incroyables sur lesquelles j'avais bâti la nouvelle qui avait à ce point excité son hilarité.

Ce récit, je l'avais appelé « La Fenêtre d'en haut », et il avait paru dans le numéro de janvier

1922 de *Whispers*. En nombre d'endroits, et surtout dans le Sud et près de la côte Pacifique, on avait dû retirer des stands les exemplaires de cette publication, à la suite de plaintes pusillanimes, mais malheureusement nombreuses. En Nouvelle-Angleterre, on ne s'était pas laissé impressionner ; on s'était contenté de hausser les épaules devant ce qu'on avait appelé mes « extravagances ». Tout d'abord, avait-on dit, la chose était biologiquement impossible ; ce n'était qu'un de ces contes de vieilles femmes qu'on se chuchote dans les campagnes et que Cotton Mather avait été assez crédule pour inclure dans ses *Magnalia Christi Americana*, ouvrage grotesque d'ailleurs ; du reste, les preuves étayant ce récit étaient si faibles et si douteuses que même Mather n'avait pas osé désigner clairement la localité où était censée s'être passée cette histoire à donner le frisson. Quant à la suite que j'avais donnée à ce récit, elle était parfaitement invraisemblable ; elle trahissait tout simplement l'écrivaillon travaillé par une imagination surchauffée et hanté par la spéculation systématique. Mather avait seulement dit que cette chose était née, mais il fallait vraiment n'être qu'un méprisable amateur de sensationnel pour avoir songé à la faire grandir et regarder, la nuit, par les fenêtres des gens, et se cacher dans la mansarde d'une maison, en chair et en os, pour que finalement, des siècles plus tard, un être humain la distingue à une fenêtre, et soit par-dessus le marché incapable de décrire ce qui a fait soudain blanchir ses cheveux. Tout cela n'était que de la bouillie pour les chats, et mon ami Manton ne m'avait guère caché son avis. Mais je lui racontai ce que j'avais découvert dans un vieux journal intime tenu entre 1706 et 1723, retrouvé par moi dans des papiers de famille à moins d'un kilomètre de l'endroit où nous étions assis en ce moment. Je le lui dévoilai, et la réalité indiscutable des cicatrices qui marquaient la poitrine et le dos de mon ancêtre et que décrivait ce journal. Je lui parlai aussi des craintes qui s'étaient répandues à cette époque dans la région ; les générations se les étaient transmises et je lui parlai de la folie nullement mystique qui avait emporté le jeune homme qui, en 1793, avait pénétré dans une maison abandonnée pour y examiner les traces qu'il y soupçonnait.

Ç'avait été une affaire assez horrible — rien d'étonnant si l'Âge Puritain du Massachusetts fait encore frissonner les étudiants sensibles. On connaît tellement mal ce qui se cachait alors derrière ces apparences — et le peu qu'on en connaît, c'est une purulence hideuse lorsqu'on l'aperçoit, putride, à la faveur des aperçus vampiriques qui en sont parfois offerts. La terreur plus que devinée derrière l'empire des sorcières, jette un jour horrible sur ce qui peut germer dans le cerveau torturé de l'homme ; mais ceci n'est encore qu'un détail insignifiant. Il n'y avait pas de beauté alors ; il n'y avait pas de liberté — ce qui nous reste de l'architecture et des objets de la vie quotidienne en ce siècle en témoigne, ainsi que les sermons venimeux de ses prêtres hargneux. Nous savons que ce qui se cachait à l'intérieur de cette camisole d'acier rouillé, c'était hideur aphasique, perversion sans fin, et diabolisme vrai. Là vraiment se situa l'apothéose historique de l'innommable.

Cotton Mather, dans son anathème, au démoniaque tome sixième de ses œuvres que personne ne doit lire la nuit tombée, n'a pas mâché ses mots. Aussi inflexible qu'un prophète juif, plus ferme dans son laconisme que nul n'a pu l'être depuis son temps, il dénonce la Bête qui avait donné naissance à ce qui était plus qu'une bête et moins qu'un homme — la chose à l'œil douteux — et l'être pitoyable, hurlant et ivre qu'on avait pendu parce que lui aussi possédait cet œil incertain. Cela, il le dit sans détour, mais sans laisser toutefois deviner ce qui s'est passé par la suite. Peut-être qu'il n'en savait rien, mais peut-être aussi que, le sachant, il n'a rien osé en dire. Et d'autres l'ont su qui n'ont rien osé en dire — rien ne donne la raison de ces murmures tenaces, de ce verrou fermant la porte de l'escalier menant à la mansarde de cette demeure, demeure d'un vieillard sans enfant, brisé, amer, celui qui avait dressé une dalle d'ardoise vierge près d'un tombeau ; et pourtant ce que l'on devinait derrière ces faits et légendes assez vagues suffisait à refroidir le sang le plus lourd.

Tout se trouvait dans ce journal antique que j'ai découvert ; tous les sous-entendus furtifs, tous les comptes rendus secrets de choses à l'œil souillé aperçues derrière des fenêtres par les nuits sombres, ou dans des champs déserts près des bois. Ce quelque chose qui s'empara de mon ancêtre dans une sombre allée au creux d'un val, qui lui laissa des traces de cornes sur la poitrine et de griffes sur le dos. Et lorsqu'on examina les empreintes laissées par la chose dans la poussière remuée, on y découvrit les marques mélangées de sabots fourchus et de pattes vaguement anthropoïdes. Un jour, un messager du service postal relata qu'il avait vu un vieil homme qui pourchassait en criant une chose effrayante, boiteuse et sans nom sur Meadow Hill, aux heures vagues qui précèdent l'aube, et nombreux furent ceux qui le crurent. Aucun doute, on raconta des choses bien bizarres, par cette nuit solitaire de 1710, sur ce vieil homme sans enfant et brisé, lorsqu'on l'enterra dans la crypte, derrière sa propre maison, en face de la dalle d'ardoise sans inscription. On ne déverrouilla jamais la porte allant à la mansarde et on abandonna toute la maison comme elle était, vide et redoutée. Et par la suite, chaque fois qu'on entendait des bruits venus de cette maison, on se parlait tout bas, on tremblait, avec l'espoir que le verrou de l'escalier tiendrait bon. Puis cet espoir lui-même mourut lorsque l'horreur se manifesta au presbytère ; et il n'y eut alors aucune âme vivante qui n'en portât la marque, vivante ou morte. Petit à petit, au fur et à mesure que les années s'écoulaient, la légende pourtant prit les allures d'un conte de fées — j'imagine que la chose, à supposer qu'elle eût été vivante, était morte. Le souvenir qui longtemps traîna derrière elle fut atroce, et d'autant plus atroce qu'il était plus secret.

Pendant le cours de mon récit, mon ami s'était enfoncé dans un silence de plus en plus profond, et je vis que ce que je venais de lui raconter avait fait impression sur lui. Il ne rit pas lorsque je me tus, mais d'une voix assez sérieuse au contraire me pria de lui donner d'autres détails sur le jeune homme qui était devenu fou en 1793, et dont j'avais fait le héros de ma nouvelle. Je lui expliquai pourquoi ce jeune homme était allé voir cette maison que l'on évitait ; j'ajoutai qu'il n'y avait rien d'étonnant à ce qu'il s'y fût intéressé, puisque aussi bien il croyait que les vitres gardent la mémoire des personnes qui ont longtemps regardé à travers. Ce jeune homme était allé examiner les fenêtres de cette horrible mansarde parce qu'on lui avait dit que quelqu'un avait vu des choses derrière ; et il en était revenu hurlant et fou.

Manton, pendant que je parlais, resta silencieux, comme réfléchissant, mais petit à petit son tour d'esprit analytique reprit le dessus. Il dit, pour le plaisir de discuter, qu'il devait y avoir eu réellement quelque créature inconnue, mais il me rappela qu'il n'y a aucune raison pour que les plus morbides perversions de la nature soient innommables ou indescriptibles aux yeux de la science. Je le félicitai autant de sa clarté d'esprit que de son entêtement, mais lui fournis alors quelques révélations supplémentaires que j'avais glanées en allant voir de vieilles personnes. Ces légendes fantomatiques et plus tardives, lui dis-je clairement, faisaient allusion à des apparitions monstrueuses, plus effarantes que tout être organique. Des apparitions de formes bestiales et gigantesques, par moments visibles et en d'autres seulement tangibles, flottant dans l'air par les nuits sans lune, hantant la vieille maison, la crypte qui se trouvait derrière elle, et les alentours de ce tombeau abrité maintenant par un jeune arbre qui avait poussé à côté de la dalle illisible. Que l'être qui se trouvait à l'origine de ces apparitions eût jamais éventré ou étouffé une personne humaine, comme l'affirmaient des traditions invérifiables, il était difficile de le dire ; quoi qu'il en fût, il avait laissé derrière lui une impression puissante et permanente. Il faisait encore trembler les plus âgés des autochtones ; mais les générations plus récentes l'avaient pratiquement oublié — peut-être du reste que le souvenir s'en effaçait à force de n'être plus évoqué. D'un autre côté cependant, dans la mesure où l'on voulait juger l'affaire d'un point de vue esthétique, les émanations psychiques des humains pouvant être grotesques et caricaturales, quelle représentation logique pouvait rendre compte d'une nébulosité aussi informe et aussi infâme que le spectre d'une horreur pernicieuse et inorganique, à soi seul un blasphème putride à l'égard de la nature ? Conçue à partir du cerveau mort d'un cauchemar hybride, est-ce qu'une horreur aérienne de ce genre ne pouvait pas constituer, dans toute sa réalité haïssable, l'exquis, l'atroce « innommable » ?

Il devait être fort tard. Une chauve-souris étonnamment silencieuse me frôla, et je crois qu'elle passa tout près de Manton, car, quoiqu'il fût noyé dans l'obscurité, je le sentis lever le bras. Puis il prit la parole.

— Mais est-ce que la maison où se trouve cette fenêtre de cette mansarde, dit-il, existe toujours, abandonnée ?

— Oui, lui répondis-je. Je l'ai vue.

— Et est-ce que vous y avez trouvé quelque chose — dans la mansarde ou ailleurs ?

— Des ossements, sous le toit. C'est peut-être ce que ce jeune homme avait découvert. Il était si sensible qu'il ne lui en fallait pas plus pour devenir fou. Si ces ossements provenaient tous du même être, ce devait être une folle monstruosité. Ç'aurait été un crime que de laisser ces débris au jour ; je suis revenu plus tard dans cette maison avec un sac et les ai enfouis dans la tombe qui se trouve derrière la maison. Elle présentait une fissure assez large que j'ai utilisée. Ne vous imaginez pas que j'aie agi comme un gamin. Si vous aviez vu ce crâne — il avait des cornes longues de dix centimètres, et en même temps une tête et une mâchoire assez proche de la vôtre ou de la mienne.

J'avais réussi. Enfin, je sentais Manton, qui s'était rapproché de moi, frissonner pour de bon. Mais sa curiosité était plus aiguillonnée que jamais.

— Et les vitres des fenêtres ?

— Il n'y en avait plus une seule. Une des fenêtres avait perdu son cadre, aucune des autres n'avait conservé la moindre trace de vitre ; vous savez, ces petits carreaux comme on en faisait autrefois, ces croisillons, avaient déjà disparu en 1700. À mon avis, il y avait plus d'un siècle que ces vitres avaient été brisées. C'était peut-être l'œuvre de ce jeune homme dont je vous ai parlé. À condition qu'il soit monté jusque-là. La légende ne le dit pas.

Manton réfléchissait.

— J'aimerais bien voir cette maison, Carter. Où se trouve-t-elle ? Vitres ou pas vitres, j'aimerais bien la visiter un petit peu. Et aussi la tombe où vous avez caché ces ossements, et aussi cet autre tombeau qui ne porte pas d'inscription. Tout cela doit être quelque peu terrifiant.

— Vous l'avez vue avant que la nuit tombe.

Mon récit avait été plus efficace que je n'avais cru, car à ces paroles, à cet effet assez innocent, mon ami sauta en l'air, s'écartant brusquement de moi, et poussa une sorte de cri hoquetant qui traduisait parfaitement son état d'esprit. Ce fut un cri bizarre, et d'autant plus bizarre qu'on y répondit. En même temps que l'écho s'en apaisait, j'entendis comme un craquement dans l'obscurité dense, et compris tout de suite que c'était une fenêtre à croisillons qui s'ouvrait dans la vieille maison qui nous abritait de son ombre. Comme toutes les autres embrasures étaient depuis longtemps sans battants, je sus aussitôt que c'était la fenêtre démoniaque de la mansarde, la fenêtre sinistre et sans vitres qui venait de grincer.

Puis tomba sur nous un courant d'air glacé mais violent et délétère, provenant de cette même direction inquiétante, qui fut suivi d'un hurlement perçant poussé juste à côté de moi toujours assis sur cette tombe abandonnée et pernicieuse, où dormaient un homme et un monstre en un seul être. Une seconde plus tard, j'étais chassé de mon siège macabre par la poussée affolante d'une entité invisible mais d'une taille qui devait être gigantesque et d'une nature impossible à préciser ;

oui, je fus balayé comme une feuille et je me retrouvai étalé sur le ventre, sur le terreau travaillé par la circulation silencieuse des racines d'arbres, dans ce cimetière inhumain, tandis que de la tombe elle-même s'élevait un vacarme sourd de respirations étranglées et tourbillonnantes, à un point tel que mon imagination peupla aussitôt l'obscurité pourtant impénétrable de légions dantesques de damnés informes et impensables. Il y eut comme un maëlstrom d'un vent desséchant, glacé, puis comme un fracas de briques et de maçonnerie qu'on ébranlait ; mais heureusement j'avais perdu conscience avant d'être en état de me rendre compte de la signification de ces bruits.

Manton, quoique plus petit que moi, possède plus de résistance physique ; tous deux nous rouvrîmes les yeux presque au même moment, bien que ses blessures fussent beaucoup plus graves que les miennes. Nos lits se touchaient, et quelques secondes après avoir repris connaissance, nous savions que nous étions au St. Mary's Hospital. Des médecins faisaient un demi-cercle autour de nous, animés d'une curiosité intense, avides de réveiller notre mémoire et tout prêts à nous raconter ce qui nous était arrivé. C'est ainsi que nous entendîmes parler de ce fermier qui nous avait trouvés tous les deux dans un champ isolé, de l'autre côté de Meadow Hill, à près de deux kilomètres du vieux cimetière, à l'endroit où s'était élevé autrefois, paraît-il, un abattoir. Manton avait sur la poitrine deux blessures fort vilaines, avec des coupures et des griffures moins profondes dans le dos. Quoique moins gravement, j'étais néanmoins couvert de marques et de contusions dont la nature était inexplicable. On y trouvait même l'empreinte d'un sabot fourchu. De tout évidence, Manton en savait plus long que moi, mais il ne dit absolument rien aux médecins stupéfaits et passionnés, tant qu'on ne lui eût pas dit au juste ce que nous avions. Alors il déclara que nous avions été chargés par un taureau vicieux; mais comment aurions-nous pu préciser où l'animal se trouvait ?

Quoi qu'il en soit, quand les médecins et les infirmières nous eurent quittés, je lui soufflai cette question d'une voix blanche :

— Mais, Seigneur, Manton, qu'est-ce que c'était donc ? Ces cicatrices — est-ce que c'était *ça* ?

Et j'étais trop épuisé pour sauter de joie lorsqu'il me répondit à mi-voix, ce qui ne m'étonna pas tellement :

— Non, cela n'avait aucun rapport. C'était partout — une sorte de gélatine — de gelée — et qui pourtant avait des formes — mille formes si horribles… dépassant toute description. Il y avait des yeux — et une souillure… C'était la fosse, c'était le maëlstrom, c'était l'abomination ultime. Carter, *c'était l'indicible* !…

Air froid

Vous me demandez de vous expliquer pourquoi je crains l'air froid, pourquoi je tremble plus que les autres dès que j'entre dans une pièce froide, et parais malade, pris de nausées, lorsque la fraîcheur du soir s'insinue sous la chaleur d'un après-midi de fin d'automne. Il y en a qui disent que je réagis au froid comme d'autres à une mauvaise odeur; je suis bien le dernier à les démentir. Ce que je vais faire maintenant, c'est vous rendre compte de l'incident le plus abominable qui me soit jamais arrivé et vous laisser le soin de juger, de dire s'il existe une explication satisfaisante à ces réactions qui vous étonnent.

C'est une erreur que d'imaginer l'abominable associé toujours indissolublement à l'obscurité, au silence et à la solitude. Moi, je l'ai rencontré dans la clarté d'un milieu d'après-midi, au sein d'une métropole trépidante, alors que je me trouvais soumis à la promiscuité que garantit une pension meublée de la catégorie la plus ordinaire, entouré de ma triste propriétaire et de deux hommes robustes. Au printemps de 1923, j'avais réussi à tirer quelques commandes à des périodiques, travaux aussi peu lucratifs que fastidieux, et me trouvais dans la ville de New York; incapable évidemment de payer un loyer élevé, je m'étais mis à dériver de meublés en meublés, tous aussi détestables les uns que les autres, à la recherche de la chambre qui combinerait propreté acceptable, mobilier relativement décent et prix plus que raisonnable. Je m'aperçus vite que je tombais irrémédiablement de Charybde en Scylla, mais finis néanmoins par trouver une maison située dans la Quatorzième Rue Ouest, qui me déplut un peu moins que les précédentes.

C'est un immeuble de grès, à quatre étages, construit sans doute quelque temps avant 1850, meublé de cheminées de marbre et de boiseries dont la splendeur fatiguée attestait une ancienne opulence suivie d'un déclin rapidement précipité. Dans les chambres, grandes, hautes de plafond, décorées d'un papier impossible et de corniches de plâtre d'une complexité grotesque, dominaient une odeur de moisi et des relents de cuisine lointaine. Mais les planchers étaient frottés, les draps supportables, et l'eau chaude n'était que rarement froide ou coupée, si bien que j'en vins à considérer cet endroit comme une tanière assez propice à l'hibernation, en attendant de me retrouver capable de vivre. La propriétaire, dame traînant savate, une Espagnole presque barbue répondant au nom de Herrero, avait le bon goût de m'épargner ses bavardages ou ses considérations personnelles sur l'heure à laquelle j'éteignais l'électricité dans ma chambre, laquelle donnait sur le palier du troisième étage ; et mes colocataires étaient des gens aussi tranquilles et aussi discrets qu'on pouvait les rêver, des Espagnols la plupart, dont le niveau de vie était à peine supérieur au minimum vital. En définitive, seul le vacarme des voitures dans l'artère sur laquelle donnaient mes fenêtres se révéla un souci majeur.

J'habitais dans cet endroit depuis trois semaines à peu près quand eut lieu le premier incident bizarre. Un soir, il était à peu près huit heures, j'entendis comme une sorte de clapotis contre mon plafond. Dans ma chambre régnait brusquement l'odeur âcre de l'ammoniaque. Regardant autour de moi, je m'aperçus qu'un coin du mur était taché ; un liquide en dégouttait sur le plancher ; l'inondation provenait de l'endroit du plafond le plus proche de la rue. Soucieux de prendre le mal à sa racine, je me précipitai en bas pour avertir la propriétaire des ennuis qui m'arrivaient. Elle m'assura que les choses seraient vite remises en ordre.

« C'est le Dr Munoz », expliqua-t-elle en escaladant l'escalier devant moi, « il a renversé ses drogues. Il est trop malade pour pouvoir se soigner — il est de plus en plus malade — et il ne veut pas qu'on l'aide. Il est très bizarre dans sa maladie. Toute la journée il prend des bains avec des odeurs bizarres ; il ne faut pas qu'il s'agite ou qu'il ait chaud. Il fait tout son ménage tout seul — sa petite chambre est pleine de bouteilles et de machines, et il n'exerce pas la médecine. Mais il était célèbre autrefois — mon père avait entendu parler de lui à Barcelone — encore récemment il a arrangé le bras du plombier. Il ne sort jamais, que sur le toit, et c'est mon fils Esteban qui lui apporte sa nourriture, son linge, ses médicaments et toutes ses drogues. Seigneur, tout ce salammoniac qu'il prend pour avoir froid ! »

Mme Herrero disparut en direction du quatrième étage ; quant à moi, je me retirai dans ma chambre. Quelques instants plus tard, l'ammoniaque cessa de couler, et tandis que j'épongeais mon plancher et ouvrais la fenêtre pour évacuer l'odeur, j'entendis de nouveau, au-dessus de moi, les pas lourds de ma propriétaire. Aucun bruit ne venait jamais de chez ce Dr Munoz, hormis des grondements qui faisaient penser à quelque mécanisme mû par un moteur à explosion. Il marchait toujours à pas feutrés. Un moment je me demandai quelle pouvait être sa maladie, et si son refus systématique d'entrer en contact avec l'air extérieur ne procédait pas tout simplement d'une manie sans grand fondement. Il y a, me dis-je gravement, quelque chose de terriblement poignant dans le sort d'une personne éminente qui a sombré.

Et j'aurais bien pu ne jamais faire la connaissance du Dr Munoz sans la crise cardiaque qui me serra la poitrine un début d'après-midi alors que j'étais en train d'écrire dans ma chambre. Les médecins m'avaient averti du danger de ces attaques, et je savais qu'il n'y avait pas un moment à perdre. Me souvenant de ce que m'avait dit ma propriétaire des soins apportés par l'invalide au plombier, je me traînai jusqu'à l'étage supérieur et frappai faiblement à la porte qui correspondait à la mienne. Une voix curieuse, qui semblait venir de la droite, me répondit en bon anglais, me demandant mon nom et la raison de ma visite ; lorsque j'eus fourni les renseignements qu'on me demandait, la porte contiguë à celle où j'avais frappé s'ouvrit.

Un souffle d'air froid me gifla le visage ; quoique cette journée fût l'une des plus chaudes de la fin juin, je frissonnai en passant le seuil du grand appartement. La décoration était somptueuse autant que de bon goût ; elle me surprit, dans ce temple de la malpropreté et du désordre. Un lit escamotable remplissait son rôle diurne de divan, et des meubles d'acajou, des rideaux opulents, de vieux tableaux et une bibliothèque à vous en faire venir l'eau à la bouche, tout évoquait plutôt le cabinet d'études d'un homme de qualité que la chambre à coucher d'une pauvre maison meublée. Je compris que la pièce située au-dessus de mon logement — la « petite chambre » avec les bouteilles et les machines dont avait parlé Mme Herrero — était tout simplement le laboratoire du médecin ; et que ses quartiers d'habitation se trouvaient dans la pièce voisine, cossue avec ses confortables alcôves ; elle était flanquée d'une salle de bains, dont les placards recelaient et masquaient tous les ustensiles de la vie quotidienne. Le Dr Munoz, c'était évident, était un homme cultivé, de goût et de bonne naissance.

Le petit homme qui se trouvait devant moi était admirablement proportionné ; ses vêtements, quoiqu'un peu guindés, étaient d'une coupe parfaite qui lui allait à merveille ; une tête très distinguée, une expression supérieure mais dépourvue de toute arrogance, un collier de barbe coupé court et gris fer ; un pince-nez à l'ancienne mode encadrait des yeux sombres et vivants et surmontait un nez aquilin qui donnait une sorte d'apparence mauresque à une physionomie typiquement ibérocelte. Des cheveux épais, bien coiffés, attestant les visites régulières d'un coiffeur, séparés par une raie impeccable au-dessus d'un front puissant. Cet ensemble dégageait l'impression d'une intelligence rare et d'une nature bien supérieure à la moyenne.

Néanmoins, dès la première vision que j'eus du Dr Munoz au sein de cette atmosphère glacée, j'éprouvai une répugnance que rien dans l'aspect de mon hôte ne pouvait justifier. Seuls les reflets livides de son teint et la froideur de sa main pouvaient donner un fondement physique à ce sentiment, et pourtant même ces données pouvaient très bien s'expliquer, si l'on consentait à se souvenir que cet homme était un malade. C'était peut-être aussi ce froid bizarre qui atténuait ma bonne impression. La température en effet était bien au-dessous de la normale pour une journée si chaude, et tout ce qui est anormal suscite l'aversion, la méfiance et la crainte.

Mais j'eus tôt fait d'oublier mes réticences pour admirer l'extrême habileté de cet étrange médecin, habileté dont je ne tardai pas à me rendre compte, et pourtant ses mains, tremblantes et glacées, semblaient parfaitement mortes. Il comprit immédiatement ce dont j'avais besoin, et m'administra ses soins avec la suprême dextérité d'un grand maître. Pendant tout ce temps, me réconfortant d'une voix délicatement modulée quoique sans timbre, il me disait qu'il était l'ennemi le plus acharné qui fût de la Mort, qu'il avait perdu sa fortune en même temps que ses amis à mener des expériences bizarres dont l'objet était d'anéantir la Grande Faucheuse. On sentait en lui le fanatique bien intentionné. Il monologua longtemps de la sorte, presque comme un vieillard radoteur, tout en m'auscultant et me donnant plusieurs médicaments qu'il alla chercher dans son petit laboratoire. De toute évidence, le voisinage d'une personne de son milieu lui paraissait un heureux dérivatif dans cet environnement douteux, et c'est cela sans doute qui faisait naître en lui le besoin d'évoquer le souvenir de ses années plus fortunées.

Sa voix, si elle était étrange, en tout cas était apaisante. Sa respiration me restait inaudible tandis qu'il m'adressait des phrases bien tournées, d'une exquise urbanité. Il essayait de détourner mon esprit de mes soucis personnels en me parlant de ses théories et de ses expériences. Et je me rappelle qu'il me consola avec tact de ma faiblesse cardiaque en me répétant que la volonté et la conscience sont plus puissantes que la vie organique elle-même, si bien qu'à une enveloppe physique précaire, mal développée, un traitement scientifique de ses qualités propres peut fournir une animation fondée sur le système nerveux malgré toutes les défectuosités fonctionnelles ou même les lacunes que présente l'arsenal normal des organes. Il se faisait fort, me dit-il presque en plaisantant, de m'apprendre un jour à vivre, ou tout au moins à posséder une sorte d'existence consciente, sans cœur. Pour lui, il souffrait d'un ensemble de maladies qui exigeaient un régime très complexe dont un froid permanent était l'un des éléments. Toute élévation notable de la température, si elle se prolongeait, pouvait lui être fatale. Il parvenait à maintenir dans son appartement une température égale — de douze degrés centigrades — grâce à un système de refroidissement par absorption à ammoniaque, et c'était le moteur à explosion de ses pompes que j'avais souvent entendu de ma chambre, à l'étage inférieur.

Ma crise une fois calmée, avec une rapidité merveilleuse, je quittai cette pièce, glacé et frissonnant, disciple convaincu en même temps qu'admirateur sincère de ce reclus aux dons si étonnants. Telle fut la première des fréquentes visites que j'allais lui faire, mais équipé désormais de chandails et d'un pardessus ; je l'écoutais me parler de ses recherches secrètes, des résultats presque surnaturels qu'il avait obtenus, et je tremblais quelque peu en examinant les volumes antiques et mystérieux qui composaient sa bibliothèque. Je peux ajouter en passant que mon hôte me guérit presque complètement de ma maladie, et pour toujours, grâce à sa science intelligente. J'ai le sentiment, encore aujourd'hui, qu'il ne méprisait pas entièrement les incantations médiévales, étant donné que pour lui ces formules secrètes mettaient en éveil des stimuli psychologiques rares, capables presque certainement d'exercer des effets assez imprévus sur la substance d'un système nerveux ayant perdu la faculté d'envoyer les pulsations vitales dans les organes. Je fus très frappé de ce qu'il me dit du vieux Dr Torres, de Valence, avec qui il avait partagé ses premières expériences et qui avait réussi à le tirer, dix-huit ans plus tôt, d'une maladie extrêmement grave, qui était responsable de ses infirmités actuelles. Ce vénérable praticien, du reste, n'avait pas plus tôt sauvé son collègue que lui-même succombait au redoutable ennemi qu'il venait de combattre avec un tel succès chez son prochain. Peut-être la tension avait-elle été trop forte, car le Dr Munoz me fit clairement comprendre — quoique à voix basse et sans me donner de détails — que la thérapeutique utilisée sortait nettement de l'ordinaire et comportait des procédés que n'auraient certainement pas accueillis avec le sourire les galiénistes respectables du monde traditionnel.

Mais en même temps que les semaines passaient, je remarquai avec peine que mon nouvel ami régressait physiquement, lentement mais irrémédiablement, comme l'avait bien vu du reste Mme Herrero. Les nuances livides de son teint s'accentuaient, sa voix devenait toujours plus caverneuse et indistincte, ses mouvements musculaires étaient moins bien coordonnés, et son esprit et sa volonté témoignaient d'une résistance et d'un esprit d'initiative qui allaient sans cesse décroissant. Du reste, aucun des détails de ce lent et si triste processus de vieillissement ne semblait lui échapper à lui non plus, et peu à peu son expression, sa conversation même, se chargèrent d'une amère ironie qui fit revivre en moi un sentiment rappelant la subite répulsion que j'avais éprouvée à son égard la première fois que je l'avais vu.

Il lui venait soudain de bizarres caprices ; il se

découvrait un amour insolite pour les épices exotiques et l'encens égyptien, à tel point qu'au bout de peu de temps sa chambre évoquait le sépulcre souterrain de quelque pharaon dans la Vallée des Rois. Cependant il lui fallait toujours plus d'air froid ; avec mon aide, il étendit le réseau de tubes à refroidissement dans sa chambre et modifia ses pompes de façon à augmenter le débit de ses appareils et à maintenir la température intérieure à zéro degré, et finalement à moins trois. Il faisait évidemment moins froid dans le laboratoire et dans la salle de bains, pour éviter que l'eau gelât et que les réactions chimiques fussent interrompues. Le locataire de la chambre voisine s'étant plaint de l'air glacé qui lui venait de la porte de communication, j'aidai mon ami à fixer contre le battant de cette porte une lourde tenture isolante. Une sorte d'horreur toujours plus grande, une expression morbide et lointaine semblaient s'être emparées de lui. Il parlait tout le temps de la mort, mais il avait un grand rire caverneux lorsqu'on évoquait devant lui, le plus délicatement possible, des choses telles que l'enterrement ou les dernières dispositions.

En fin de compte, il devenait un compagnon plus que déconcertant, macabre. Pourtant, reconnaissant comme je l'étais à celui qui m'avait guéri, je ne pouvais me résoudre à l'abandonner aux étrangers entre les mains desquels il serait tombé si j'avais manqué ; je veillais soigneusement à tous ses besoins, mettant sa chambre en ordre, emmitouflé dans une cape épaisse que j'avais achetée spécialement à cette intention. Comme je faisais la plus grande partie de ses achats, je ne pouvais m'empêcher d'avoir des sursauts d'étonnement en lisant les listes de produits chimiques qu'il me demandait d'aller chercher aux laboratoires des pharmaciens.

Il semblait régner dans son appartement une atmosphère de panique toujours plus forte et parfaitement inexplicable. La maison tout entière, comme je l'ai dit, dégageait une odeur de moisi, mais celle qui imprégnait sa chambre était pire et cela malgré tous les épices, l'encens et les âcres vapeurs chimiques de ces bains qu'il prenait maintenant presque constamment, et qu'il exigeait de prendre sans témoins. Je me rendais compte que cette odeur devait avoir un rapport avec sa maladie, et je frissonnais, seul avec moi-même, en me demandant ce qu'elle pouvait être. Mme Herrero faisait le signe de la croix chaque fois qu'elle le rencontrait. Elle me l'abandonna sans scrupules, interdisant même à son fils Esteban de continuer à faire des courses pour lui. Quand je lui proposai de consulter d'autres médecins, le malade eut une crise de rage à la limite de ses forces. De toute évidence, il devait éviter les efforts physiques et les émotions violentes, et pourtant, sa volonté et sa force vitale se sclérosant plutôt qu'elles ne s'évanouissaient, il refusait systématiquement de rester dans son lit. Puis la lassitude de cette première période fit place à un retour de son ancien esprit d'entreprise, et il parut tout prêt à braver plus audacieusement que jamais toutes les gémonies de la mort, peut-être parce qu'il sentait se poser chaque jour un peu plus sur son corps les griffes de cette éternelle ennemie. Il avait pratiquement abandonné toute habitude de manger, habitude qui du reste, chez lui, n'avait jamais été plus qu'un rite sommaire. Seule sa puissance mentale semblait l'empêcher de sombrer dans l'écroulement total.

Puis, il se mit à rédiger, des heures durant, de longs documents qu'il scellait soigneusement et me recommandait ensuite, avec mille détails, de transmettre après sa mort à un certain nombre de personnes dont il me donna les noms ; pour la plupart, c'étaient des lettrés des Indes Occidentales, mais il y avait aussi dans sa liste un médecin français, célèbre autrefois, et que je croyais mort depuis longtemps, mais au sujet duquel avaient couru les bruits les plus fantastiques. En fait, je brûlai tous ces papiers sans les envoyer ni les ouvrir. L'aspect et la voix de mon ami devenant véritablement effrayants, sa présence insupportable, un jour de septembre, un homme qui était venu réparer la lampe de son bureau l'aperçut à l'improviste et tomba en crise d'épilepsie. Crise que mon ami, du reste, soigna d'une manière extraordinaire, me donnant ses instructions tandis que lui-même restait invisible. Ce malade, chose bizarre, avait connu toutes les terreurs de la Grande Guerre sans jamais avoir été victime d'une telle attaque.

Puis, vers le milieu d'octobre, l'horreur des horreurs tomba sur nous avec une brutalité stupéfiante. Une nuit, vers onze heures, la pompe de l'appareil à compression tomba en panne et trois heures plus tard, le système de refroidissement avait cessé de fonctionner. Le Dr Munoz m'appela à grands coups de talon dans mon plafond. Je m'acharnai fébrilement à réparer l'appareil tandis que mon hôte jurait d'une voix dont la sonorité morte et caquetante défie toute description. Mes efforts d'amateur n'aboutirent à rien. J'allai chercher le mécanicien d'un garage voisin, ouvert la nuit, mais il me dit qu'on ne pourrait rien faire avant le matin, car il fallait remplacer un piston de la pompe. La rage et la terreur de l'ermite moribond prirent alors des proportions grotesques, mais qui me firent craindre de le voir perdre toutes les ressources physiques qui pouvaient lui rester. Un moment, dans une sorte de crise, il enfouit ses yeux derrières ses mains et se précipita dans la salle de bains. Il en ressortit, tâtonnant, la tête bandée : j'avais vu ses yeux pour la dernière fois.

Il faisait maintenant nettement moins froid dans l'appartement. Vers cinq heures, le docteur se retira dans la salle de bains non sans m'avoir auparavant ordonné de veiller à ce qu'on lui fournît, sans la moindre interruption, toute la glace que l'on pourrait se procurer dans les drugstores ou les cafés ouverts. Au retour de quelque voyage inutile, ou quand je déposais devant la porte de la salle de bains le résultat de ma quête, je pouvais entendre chaque fois comme un bruit de barbotement, et une voix, toujours plus épaisse, me hurlait toujours le même ordre : « Encore plus ! Encore plus ! » Finalement le jour, qui promettait d'être chaud, se leva ; les boutiques s'ouvrirent l'une après l'autre. En désespoir de cause je demandai à Esteban soit d'aller chercher de la glace pendant que j'essayerais de trouver un piston, soit d'aller lui-même chercher le piston. Mais, obéissant aux instructions de sa mère, il refusa systématiquement de rien faire.

En fin de compte, j'engageai un clochard douteux, que je rencontrai au coin de la Huitième Avenue, pour veiller à ce que mon patient eût toute la glace qui lui était nécessaire ; il irait la chercher dans une petite boutique où je le présentai. Ceci fait, je m'attaquai à la recherche du piston, en même temps qu'à celle d'hommes de l'art qui fussent capables de le monter. Tâche interminable ; à l'image de mon ermite, j'étais presque malade de rage, en voyant les heures s'écouler dans cette course affolée, dans ces séries de coups de téléphone inutiles ; je ne pris même pas le temps de manger ; ce fut une course éperdue, de boutique en boutique, ici et là, toujours plus loin, en métro, en taxi. Vers midi, néanmoins, je finis par trouver un magasin, au diable, qui possédait les pièces dont j'avais besoin, et vers une heure et demie, cet après-midi-là, je rentrai enfin dans la maison meublée avec tout l'équipement nécessaire, suivi de deux mécaniciens robustes et intelligents. J'avais fait tout ce que j'avais pu, et j'espérais qu'il n'était pas trop tard.

Mais une terreur noire et sourde avait pénétré avant moi dans l'immeuble. La maison était en proie à un tumulte innommable, et au-dessus du vacarme des voix terrorisées, j'entendis un homme qui priait à haute voix, et d'une voix de basse. Il y avait des choses redoutables dans l'air, on le sentait, et les locataires murmuraient de bouche à oreille, égrenant leurs chapelets que les poussait à réciter l'odeur provenant de la porte du docteur, toujours systématiquement fermée à clef. Le clochard que j'avais requis s'était enfui en criant, les yeux fous, aussitôt après avoir rapporté sa deuxième provision de glace. Peut-être était-ce le résultat d'une curiosité excessive. Il ne pouvait naturellement pas avoir fermé derrière lui la porte à clef ; maintenant, pourtant, elle était condamnée de l'intérieur. Aucun son ne nous venait plus de l'appartement, à l'exception d'une sorte de bruit de gouttes épaisses et lourdes qui tombaient pesamment, et sur la nature desquelles on n'osait pas s'interroger.

Après quelques secondes de discussion avec Mme Herrero et les mécaniciens, malgré la crainte qui me rongeait jusqu'à la moelle des os, je pris la décision d'enfoncer la porte. Mais la propriétaire heureusement trouva le moyen de faire tomber la clef de l'extérieur, à l'aide d'un fil de fer. Auparavant nous avions ouvert toutes les portes de toutes les chambres de l'étage, et toutes les fenêtres de la maison. Nous protégeant le nez avec des mouchoirs, tremblants, nous pénétrâmes enfin dans cette pièce maudite, orientée au Sud, où brillait le chaud soleil du début de l'après-midi.

Une sorte de traînée sombre et graisseuse passait sous la porte de la salle de bains entrouverte, allait jusqu'au vestibule, et, de là, au bureau où s'était formée une mare à faire frémir. Quelque chose était griffonné au crayon, d'une écriture tremblante, sur un morceau de papier atrocement marbré, comme par les griffes elles-mêmes qui avaient tracé ces derniers mots dans l'urgence du désespoir. Et, de là, la piste menait au lit, où elle mourait d'une façon que je ne saurais dire.

Ce qui se trouvait, ou ce qui s'était trouvé sur ce lit, je ne peux même pas entreprendre de le décrire ; songer à cette idée me tue. Mais je le compris en m'emparant de ce papier gras, en le lisant, avant d'y mettre le feu. Je le devinai au sein de mon intime frayeur tandis que la propriétaire et les deux mécaniciens, pris de panique, s'enfuyaient de cet endroit maudit, pour aller balbutier d'incohérents récits au commissariat de police. Et les mots nauséeux de ce message me parurent presque impossibles à accepter par ce chaud soleil, et dans cette lumière dorée, tandis que l'on entendait le bruit des voitures et des camions et la clameur qui montait de la Quatorzième Rue ; et pourtant, je dois avouer que ce que je lus à ce moment-là, je le crus. Est-ce que je le crois encore maintenant ? Franchement, je ne saurais le dire. Il y a des choses à propos desquelles il vaut mieux ne pas réfléchir, tout ce que je peux dire, c'est que je hais l'odeur de l'ammoniaque, et que je m'évanouis au moindre courant d'air froid.

« La fin », disait ce griffonnage atroce, « la fin est là. Il n'y a plus de glace. L'homme a jeté un coup d'œil à l'intérieur, et il s'est sauvé. Il fait plus chaud à chaque minute, les tissus ne peuvent pas tenir. J'imagine que vous avez compris ce que je voulais dire à propos de la volonté et de la conservation du corps après que les organes ont cessé de fonctionner. C'était parfait en théorie, mais ne pouvait durer indéfiniment. Il y a eu une détérioration progressive que je n'avais pas prévue. Le Dr Torres l'avait compris, mais le choc l'a tué. Il ne pouvait supporter ce qu'il avait à faire ; il était contraint de m'enfermer dans un endroit aussi sombre qu'étrange, où il pût s'occuper de ma matière et me faire revenir à la vie. Mais les organes refusèrent de se remettre à travailler. Il fallait le réaliser à ma façon — par la voie que je préconisais : la préservation artificielle. *Car, comprenez-vous, je suis mort il y a aujourd'hui dix-huit ans.* »

Le molosse

Dans mes oreilles agonisantes résonne sans cesse et toujours s'agite un cauchemar composé de bruits giratoires, de claquements animaux, et d'un lointain et distant aboiement, qui pourrait être celui de quelque gigantesque molosse. Ce n'est pas un rêve — ce n'est même pas, j'en ai peur, la folie — car trop de choses me sont arrivées déjà pour que je puisse nourrir encore quelque doute miséricordieux.

Saint-Jean n'est plus qu'un cadavre broyé ; moi seul sais pourquoi, et ce que je sais est tel que je suis prêt à me faire sauter la cervelle, de crainte de subir, moi aussi, le même sort. Sans répit rôde, dans les allées sans limites et sans jour de l'imaginaire le plus affreux, la noire, l'informe Némésis qui m'entraîne progressivement vers l'annihilation de moi-même.

Que le ciel me pardonne l'audace insensée et les soucis morbides qui nous conduisirent tous deux à un aussi monstrueux destin. Las des préoccupations quotidiennes d'un monde trop prosaïque, alors que même les joies de l'amour et de l'aventure nous paraissaient toujours semblables, Saint-Jean et moi nous étions tournés avec enthousiasme vers tous les mouvements esthétiques et intellectuels qui pouvaient promettre un répit, un soulagement à notre ennui sans fin. Les énigmes des Symbolistes, les extases des Pré-Raphaélites furent nôtres en leur temps, mais à chaque nouvelle lune, chaque enthousiasme était épuisé, et combien trop vite ! Finies la séduction et la nouveauté qui nous avaient distraits. Seule la sombre philosophie des décadents put nous aider. Nous ne lui trouvâmes quelque pouvoir qu'en développant en profondeur le satanisme de nos recherches. Baudelaire et Huysmans, nous en eûmes vite tiré tout le suc. Finalement, il ne nous resta plus que les stimuli, plus directs encore, des expériences et des aventures personnelles les plus surnaturelles. Cette épouvantable quête émotionnelle nous mena en fin de compte à la détestable entreprise que, même maintenant, dans ma terreur actuelle, je n'ose mentionner qu'avec honte et crainte : cette extrémité de l'innommable, blasphème à l'égard de l'homme même ; je veux dire le viol des tombeaux.

Je ne peux dévoiler ici le détail de toutes nos expéditions condamnables, ni même commencer le recensement des plus affreux trophées qui ornaient le macabre musée que nous nous ménageâmes dans la grande demeure de pierre où nous habitions ensemble, seuls, sans domestiques. Notre musée était un endroit maudit, impensable, où, animés par ce goût satanique des virtuoses de la névrose, nous avions réuni un monde de terreur et de pourriture, le seul à pouvoir réveiller nos sensibilités émoussées. C'était une pièce secrète, enfouie, loin, loin sous la terre, où d'immenses démons ailés, sculptés dans le basalte et l'onyx, crachaient par leurs énormes gueules menaçantes une lumière qui n'était pas de ce monde, vert-orange, et où des chalumeaux cachés, animés par des appareils à vent, entraînaient dans des danses kaléidoscopiques et mortelles les silhouettes tirées de charniers rouges qui se lançaient, la main dans la main, dans leurs sarabandes, tissées sur d'immenses tentures noires. Par d'autres conduits, nous venaient, au gré de notre désir, les effluves que nos humeurs souhaitaient. Parfois la senteur de pâles lys funéraires, parfois l'encens narcotique des lointains sanctuaires orientaux aux pourritures royales dont nous rêvions. Et parfois, ô combien je frissonne ! à l'heure dite, les remugles atroces, à vous remuer l'âme, du tombeau que l'on vient d'ouvrir.

Aux murs, aux parois de cette pièce hideuse, des réceptacles contenant d'antiques momies alternaient avec des corps ravissants, toujours vivants, embaumés à la perfection, et que surmontaient des pierres tombales dérobées dans les plus anciens cimetières du monde. Ici et là, des niches renfermaient des crânes de toutes formes et des têtes à tous les stades de la décomposition. On pouvait y trouver les chefs audacieux, pourrissants et chauves de grands seigneurs et ceux, frais, dorés et radieux d'enfants nouvellement enterrés.

Et des statues et des peintures nous en avions également, toutes représentant des sujets haïssables et dont certaines étaient l'œuvre de Saint-

Jean ou de moi-même. Un dossier à serrure, relié en peau humaine, conservait certains dessins inconnus et innommables auxquels la rumeur donnait Goya pour auteur, Goya qui n'en aurait jamais publiquement accepté la paternité. Et il y avait aussi des instruments de musique à vous soulever l'estomac, à cordes, à percussion, à vent, sur lesquels Saint-Jean et moi, parfois, recherchions des dissonances d'un macabre exquis, d'une horreur caco-démoniaque ; de plus, dans une infinité de réceptacles incrustés d'ébène, dormait la collection la plus incroyable, la plus inimaginable de trophées recueillis dans des tombes qui ait jamais été rassemblée par la folie ou la perversité humaines. Et c'est tout particulièrement de ces trophées que je ne dois pas parler — Dieu merci, j'ai eu le courage de les détruire bien avant de penser à me détruire moi-même !

Ces raids, ces razzias grâce auxquelles nous entrions en possession de nos indicibles trésors, nous leur donnions toujours un caractère artistique. Nous n'étions pas de ces vampires vulgaires : nous n'acceptions de travailler que dans certaines conditions bien précises, bien définies, d'esprit, de décor, d'endroit, de temps, de saison, et de lune. Ces distractions, pour nous, étaient la forme la plus exquise de l'expression esthétique et nous consacrions à la mise au point du plus infime détail de chacune d'elles un souci technique poussé à un degré incroyable de raffinement. Un moment qui ne convenait pas, un éclair venu, une manipulation maladroite de la tourbe amollie, compromettaient presque entièrement la distillation d'extase que nous valait l'exhumation de quelque secret honteux et grimaçant de la terre. Notre recherche de décors nouveaux et de conditions nouvelles était fiévreuse et jamais satisfaite. Saint-Jean était toujours le meneur, et ce fut lui, en définitive, qui me conduisit jusqu'à cet endroit moqueur et le maudit qui scella notre destin ignoble mais inévitable.

Par quelle fatalité maligne fûmes-nous guidés vers ce terrible cimetière de Hollande ? J'imagine que ce fut la rumeur, la noire légende de ces récits qui parlaient d'un être enterré là depuis cinq siècles, qui lui-même avait été vampire en son temps et qui avait volé un objet puissant dans un sépulcre protégé. Je peux revoir encore la scène en ses derniers moments — la pâle lune automnale brillant sur les tombeaux dont elle tirait de longues ombres sinistres ; les arbres caricaturaux s'inclinant mollement sur l'herbe folle et les dalles abandonnées ; les légions innombrables des chauves-souris d'une taille immense passant contre la lune ; l'antique église couverte de lierre poussant vers un ciel livide un doigt géant autant que spectral ; les insectes phosphorescents qui dansaient comme les feux de la Saint-Elme sous les ifs ; dans un recoin, les odeurs de pourriture, de végétation décomposée, et de choses moins explicables qui se mêlaient faiblement au vent nocturne que paraissaient nous envoyer de lointains marécages ; et le pire, l'aboiement perdu et grave d'un molosse gigantesque que nous ne pouvions ni voir ni situer de façon précise. Dès que nous entendîmes, il m'en souvient, ce soupçon d'aboiement, nous frissonnâmes, nous rappelant les récits des paysans, car celui que nous étions en train de chercher, des siècles plus tôt avait été retrouvé dans ce même endroit, broyé, déchiqueté par les griffes et les crocs de quelque bête impensable.

Je me souviens de ces bêches avec lesquelles nous violâmes le tombeau du vampire, et combien nous frissonnions d'une joie morbide en nous voyant nous-mêmes, et ce tombeau, et cette lune, pâles sentinelles, les ombres atroces des arbres grotesques, les chauves-souris immenses, l'église antique, les flammèches putrides, les odeurs écœurantes, le vent nocturne qui rôdait doucement, et cet étrange aboi, omniprésent, à moitié audible, dont notre ouïe nous garantissait à peine l'existence authentique.

Puis la lame heurta un corps plus dur que le terreau humide ; nous dégageâmes une boîte oblongue et à demi pourrie, incrustée de dépôts minéraux témoignant d'un long séjour dans une terre immobile. Elle était incroyablement solide et résistante, mais si vieille que finalement nous parvînmes à la forcer, et nos regards se rivèrent sur ce qu'elle contenait.

Il restait beaucoup — beaucoup trop pour un séjour de cinq cents ans sous terre — de ce qui avait empli ce réceptacle. Le squelette, quoique écrasé par endroits par les mâchoires de la chose qui avait tué cet être, était encore entier, et nous exultâmes longtemps en apercevant, en découvrant ce crâne propre et blanc, ces dents longues et fermes, ces orbites creuses qui, dans le temps, avaient brûlé d'une fièvre morbide assez semblable à la nôtre. Le cercueil contenait une amulette d'un dessin curieux et exotique que, de toute évidence, le cadavre avait portée autour du cou. C'était la silhouette curieusement stylisée d'un molosse accroupi et ailé, sorte de sphinx à la tête à demi canine, d'une gravure exquise, suivant le style de l'ancien Orient, taillé dans un morceau de jade vert. L'expression de ses traits, abominable au-delà de toute description, rappelait à la fois la mort, la bestialité et le mauvouloir. Sur sa base était gravée une inscription rédigée en caractères que ni Saint-Jean ni moi ne pûmes identifier, et sur le revers, comme le sceau de son fabricant, une sorte de crâne grotesque mais redoutable.

Dès que nous eûmes aperçu l'amulette, nous éprouvâmes naturellement le besoin irrésistible de nous en emparer. Ce trésor, à lui seul, était la récompense logique et suffisante du travail qu'avait représenté le viol de ce tombeau séculaire. C'était le salaire qu'il nous offrait. Même si nous avions été incapables d'en identifier le sujet, nous aurions voulu la posséder. À la regarder de plus près, nous nous aperçûmes qu'elle était loin de nous être totalement étrangère. Elle l'était certes à tout art comme à toute littérature accessibles à des lecteurs ou à des amateurs sains d'esprit et équilibrés, mais nous y reconnûmes, nous, tout de suite, la chose dont il est question dans le *Nécronomicon*, l'ouvrage interdit de l'Arabe dément, Abdul Alhazred, le symbole spirituel et spectral du culte nécrophage de l'inaccessible Leng, au cœur de l'Asie Centrale. Nous n'étions que trop capables de saisir les sinistres rapports évoqués et décrits par le vieux démonologue arabe; rapports dictés par quelques manifestations obscures et surnaturelles, dues aux âmes de ceux qui ont troublé le sommeil des morts.

Nous emparant de cet objet de jade vert, nous jetâmes un dernier regard au crâne blanchi et défoncé de son propriétaire et remîmes la tombe en l'état où nous l'avions trouvée. Nous éloignant en hâte de cet endroit sinistre, l'amulette volée dans la poche de Saint-Jean, nous eûmes l'impression que les chauves-souris s'abattaient toutes ensemble sur la terre que nous venions de fouiller, comme pour y chercher quelque nourriture malsaine, maléfique. Mais la lune d'automne était pâle et faible, et nous voulûmes croire qu'il ne s'agissait là que d'une simple impression. Tandis que, le jour suivant, notre navire quittait la Hollande pour regagner notre pays, nous eûmes le sentiment d'entendre une sorte d'appel, un aboi faible et lointain, comme un molosse gigantesque lancé à notre poursuite. Mais ce jour-là aussi, le vent d'automne grognait, triste, enveloppant, et il était impossible de savoir ce qu'on entendait vraiment.

Moins d'une semaine après notre retour en Angleterre, des choses étranges nous arrivèrent. Nous vivions une existence de reclus, sans le moindre ami, seuls, dans quelques pièces d'un ancien manoir construit au milieu de longs marécages méphitiques et déserts. Il était bien rare qu'un visiteur vînt frapper à notre porte.

Mais, désormais, ce qui nous éveillait constamment la nuit, c'était une sorte de vague grattement, non seulement à nos portes mais à nos fenêtres aussi, en haut aussi bien qu'en bas. Un soir, nous eûmes le sentiment qu'un corps énorme, opaque, bouchait la fenêtre de notre bibliothèque ; la lune brillait alors de l'autre côté des vitres. Un autre moment, nous crûmes sérieusement entendre, à peu de distance de nous, un son, une sorte de battement ou de bruissement. Mais à chaque fois nos recherches restèrent vaines, et nous commençâmes à mettre ces sensations sur le compte de nos imaginations, qui répétaient par une sorte d'écho l'aboiement lointain que nous avions cru percevoir dans le cimetière hollandais. L'amulette de jade dormait à présent dans une alcôve ménagée au cœur de notre musée ; il nous arrivait d'allumer devant elle un cierge à l'odeur étrange. Nous interrogions souvent le *Necronomicon* d'Alhazred pour y découvrir ses propriétés particulières, en même temps que les rapports entre les âmes des fantômes et les objets qu'elle symbolisait ; et ce que nous découvrions n'était pas sans nous inquiéter.

Puis la terreur s'abattit sur nous.

La nuit du 24 septembre 19--, j'entendis un coup frappé à la porte de ma chambre. M'imaginant que c'était Saint-Jean, sans me lever, je le priai d'entrer ; mais on ne répondit à mon invite que par un rire aigu. Il n'y avait personne dans le couloir. Quand j'allai réveiller Saint-Jean, s'il se montra complètement ignorant de l'incident, son inquiétude égala la mienne. C'est cette nuit-là que l'aboiement lointain, sur la lande, prit corps et se transforma en une réalité aussi certaine qu'abominable.

Quatre jours plus tard, alors que nous nous trouvions dans le musée secret, nous entendîmes un grattement quoique prudent à l'unique porte qui menait à la bibliothèque honteuse. Nos craintes maintenant étaient doubles, car outre notre frayeur de l'inconnu, toujours nous avions redouté de voir nos collections macabres découvertes par un étranger. Éteignant toutes les lumières, nous nous avançâmes jusqu'à la porte et l'ouvrîmes brusquement. Et alors, nous sentîmes tomber sur nous un courant d'air inexplicable et entendîmes nettement, comme s'éloignant vers le lointain, un mélange insolite de bruissements, de gloussements étouffés, et un bavardage inintelligible. Étions-nous fous ? Rêvions-nous ? Nous ne le crûmes pas. Car nous réalisâmes, avec la plus sinistre appréhension, que ce bavardage qui, en apparence, ne provenait de nulle part, empruntait ses mots à *la langue hollandaise*.

Après cela, nous vécûmes dans une horreur et une fascination toujours croissantes. La plupart du temps, nous nourrissions tous les deux l'idée que nous étions en train de rejoindre les déments, et que nous le devions à notre existence remplie de plaisirs innommables. Parfois, il nous plaisait encore plus de nous croire les victimes de quelque destin sinistre, menaçant et inéluctable.

Des phénomènes étranges se répétaient sans cesse. Notre maison isolée semblait habitée par quelque être malin dont nous ne pouvions deviner la nature ; chaque nuit, cet aboiement démoniaque envahissait la lande balayée par le vent et prenait des proportions fantastiques. Le 29 octobre, nous découvrîmes sur la terre molle, devant la fenêtre de la bibliothèque, des empreintes de pas impossibles à décrire. Elles étaient aussi mystérieuses que les volées de chauves-souris qui hantaient en nombre incroyable la vieille demeure.

L'horreur atteignit son point culminant le 18 novembre, lorsque Saint-Jean, rentrant de la gare à la nuit tombée, fut happé par une chose carnivore et déchiqueté. Entendant ses cris de la maison, je me précipitai sur le lieu du désastre, mais je ne perçus qu'un battement d'ailes et un objet aux formes vagues qui se détachait sur la lune.

Mon ami était à l'agonie quand je lui adressai la parole, il fut bien incapable de répondre à mes questions. Il se contenta de murmurer : « L'amulette, la diabolique… »

Puis il s'effondra, masse inerte de chairs meurtries.

Je l'enterrai à minuit, dans l'un de nos jardins en friche, et murmurai sur sa dépouille l'une des sentences diaboliques qu'il avait adorées de son vivant. En prononçant le dernier mot, j'entendis au loin sur la lande l'aboiement affaibli d'un gigantesque molosse. La lune était levée, mais je n'osai la regarder. Lorsque j'aperçus, sur la lande obscure, une grande ombre nébuleuse qui passait de colline en colline, je fermai les yeux et me jetai à plat ventre sur le sol. Quand je me relevai en tremblant, combien d'instants plus tard je ne sais, j'entrai en titubant dans la maison et m'agenouillai plusieurs fois devant l'amulette de jade.

Craignant désormais de vivre seul dans la vieille demeure de la lande, je partis le lendemain pour

Londres, muni de l'amulette, après avoir brûlé et enterré tout ce qui restait de notre collection impie. Mais trois nuits plus tard, j'entendis à nouveau l'aboiement et, au bout d'une semaine, je sentis peser sur moi, chaque fois qu'il faisait nuit, un regard étrange. Un soir que je me promenais sur le Quai Victoria pour prendre un peu l'air, j'aperçus une forme noire qui passait sur le reflet des lumières dans le fleuve. Un souffle plus violent que le vent de la nuit m'effleura et je compris que bientôt je subirais le même sort que Saint-Jean.

Le lendemain, j'enveloppai soigneusement l'amulette de jade et m'embarquai pour la Hollande. J'ignorais quel répit je pouvais espérer si je restituais l'objet à son propriétaire endormi d'un sommeil éternel, mais je sentais intuitivement que toute démarche apparemment logique devait être entreprise. Je me demandais vaguement ce que pouvait être le molosse, et pourquoi il m'avait poursuivi. Mais c'est bien dans le vieux cimetière que j'avais entendu pour la première fois l'aboiement. Et tout ce qui avait suivi, y compris les mots murmurés par Saint-Jean en mourant, rattachait la malédiction au vol de l'amulette. C'est pourquoi je sombrai dans un abîme de désespoir lorsqu'en entrant dans une auberge de Rotterdam, je m'aperçus que des voleurs m'avaient dérobé mon seul instrument de salut.

L'aboiement fut encore plus fort cette nuit-là et, au matin, j'appris qu'un acte sans nom venait d'être commis dans les bas-fonds de la ville. La plèbe était terrorisée, car dans un bouge était survenue la mort rouge qui oblitérait les pires crimes du voisinage. Dans un taudis de voleurs une famille entière avait été déchiquetée par un être inconnu qui n'avait laissé aucune trace, et les voisins avaient entendu toute la nuit le hurlement profond et obstiné d'un gigantesque molosse.

Je regagnai le cimetière morbide où la pâle lune d'hiver jetait des ombres hideuses, où les arbres morts se penchaient mélancoliques vers l'herbe flétrie, brûlée par le gel, vers les pierres tombales éventrées, où l'église couverte de lierre dressait un doigt dérisoire vers le ciel ennemi, où le vent nocturne hurlait follement, glacé par son passage sur les marais gelés et les mers polaires. L'aboiement maintenant était faible ; il s'interrompit quand je m'approchai de la vieille tombe que j'avais autrefois violée et délogeai une volée de chauves-souris qui hantaient ces lieux.

Je ne sais pourquoi j'étais venu en cet endroit, si ce n'est pour prier ou murmurer de folles excuses à la forme blanchâtre qui gisait sous cette pierre. Mais quelle qu'en fût la raison, j'attaquai le sol à moitié gelé avec un désespoir venu en partie du fond de moi-même, en partie d'une volonté étrangère. Le travail fut beaucoup plus facile que je ne m'y attendais ; un moment cependant je fus interrompu. Un vautour s'abattit du ciel glacé et se mit à picorer violemment la terre que je retournais. Je dus le tuer d'un coup de bêche. J'atteignis enfin le cercueil ovale et pourrissant et soulevai le couvercle vermoulu. Ce fut mon dernier acte raisonnable.

En effet, replié dans le cercueil, ceinturé d'une brochette cauchemardesque d'énormes chauves-souris cartilagineuses et endormies, apparut le squelette que j'avais volé en compagnie de mon ami. Il n'était pas net et calme comme nous l'avions vu, mais couvert de croûtes de sang, de lambeaux de chair, de touffes de cheveux et il me contemplait du fond de ses orbites phosphorescentes ; ses crocs aiguisés et ensanglantés grimaçaient un rictus moqueur à la perspective du destin inéluctable qui m'attendait. Et lorsqu'il lança un aboiement de basse comme en aurait poussé un gigantesque molosse, lorsque je vis dans sa griffe sanglante l'amulette fatale que j'avais perdue, je me contentai de hurler et de m'enfuir, et mes cris se perdirent dans le tonnerre d'un rire hystérique.

La folie chevauche le vent céleste… des griffes et des dents effilées sur les cadavres séculaires… la mort dégouttante à cheval sur une bacchanale de chauves-souris sort des ruines obscurcies par la nuit dans les temples ensoleillés de Belial… Maintenant que l'aboiement de ce monstre mort et squelettique grandit sans cesse, maintenant que le souffle furtif de ces diaboliques ailes palmées se rapproche, j'irai chercher dans la balle d'un revolver l'oubli, mon seul refuge loin de ce qui est indicible et innommable.

La maison maudite

I

L'ironie participe, souvent même, aux pires horreurs. Elle entre parfois directement dans la texture des événements; d'autre fois elle n'intervient que dans leurs rapports fortuits avec les êtres et les lieux. Je n'en voudrais pour preuve que ce qui est arrivé dans la vieille ville de Providence où, vers 1840, Edgar Allan Poe avait coutume de venir lorsqu'il faisait une cour désespérée à cette excellente poétesse, Mme Whitman. Poe descendait généralement au Manoir — dans la rue des Bienfaits — (devenue la célèbre Auberge de la Boule d'Or qui a abrité Washington, Jefferson et Lafayette) et sa promenade favorite le menait vers le Nord chez Mme Whitman et, de là, au cimetière voisin de Saint-Jean dont l'amoncellement de pierres tombales datant du XVIIIe siècle le fascinait.

Or, et c'est l'ironie de la chose, au cours de ces promenades si fréquentes, le grand maître mondial de l'horreur et de l'insolite devait passer devant une maison située du côté est de la rue, vieille bâtisse crasseuse, perchée sur le contrefort d'une colline abrupte, flanquée d'un grand jardin en friche remontant à l'époque où cette région n'était guère civilisée. Il ne semble pas qu'il ait jamais écrit sur cet endroit ni qu'il en ait parlé. Il ne semble pas non plus qu'il l'ait jamais remarqué. Et pourtant cette maison, pour les deux personnes qui possédaient quelques informations à son sujet, égale ou dépasse en horreur les inventions les plus étonnantes du génie qui passait si souvent devant elle sans la noter et se dresse comme un symbole de tout ce qui est indiciblement hideux.

Cette maison était (et demeure) le genre de construction qui capte l'attention des curieux. Ferme ou à moitié ferme à l'origine, elle ressemble aux maisons coloniales de la Nouvelle-Angleterre au milieu du XVIIIe siècle (demeure cossue, toit en pente, deux étages dominés par un grenier sans lucarnes, porche géorgien, lambrissée à l'intérieur selon le goût du temps). Exposée au Sud, décorée d'un pignon, ancrée jusqu'aux fenêtres du rez-de-chaussée dans l'épaule de la colline qui se dresse à l'Est, elle révèle, du côté de la rue, l'intimité de ses fondations. Ce type de construction, il y a plus d'un siècle et demi, épousait la courbe de la route. Car la rue des Bienfaits (tout d'abord baptisée rue de Derrière) serpentait entre les tombes des premiers pionniers et fut rectifiée après qu'on eut transféré les corps au Cimetière du Nord. On put alors couper, sans offenser personne, à travers les enclos, jadis propriétés des vieilles familles.

Au début, le mur occidental se trouvait à quelque six mètres au-dessus d'une pelouse qui descendait jusqu'à la route. Mais l'élargissement de la rue, à l'époque de la Révolution, réduisit cet espace et révéla les fondations, de sorte qu'il fallut construire un soubassement en briques qui, murant la cave du côté de la rue, fut percé d'une porte et de deux fenêtres au niveau du trottoir. Lorsqu'il y a un siècle, celui-ci fut établi, la pelouse disparut complètement. Edgar Allan Poe, dans ses promenades, ne devait apercevoir qu'une simple surface de briques grisâtres dominée, à environ trois mètres, par la masse vieillotte de la maison à bardeaux.

La propriété elle-même escaladait la colline et s'étendait jusqu'à la rue Wheaton. L'espace situé au Sud de cette maison qui donnait sur la rue des Bienfaits dominait bien entendu le trottoir et formait une terrasse bordée d'un grand mur de pierres humide et moussu, troué d'un perron étroit qui menait à l'intérieur par une sorte de canyon. On apercevait alors un gazon pelé, des murs de briques visqueux, des jardins à l'abandon où traînaient des urnes en ciment ébréchées, des bouilloires rouillées tombées de trépieds en bambou. Des accessoires du même genre décoraient la porte d'entrée vermoulue, surmontée d'une imposte brisée, flanquée de pilastres ioniques pourris et d'un fronton triangulaire branlant.

Tout ce que je sus, dans mon enfance, de la maison maudite, c'est qu'on y mourait comme des mouches. C'est pourquoi, me dit-on, les premiers propriétaires avaient déménagé, une vingtaine d'années après l'avoir construite. Cette maison était manifestement malsaine, sans doute à cause de l'humidité et des champignons qui poussaient dans la cave, de l'odeur fétide qui s'en dégageait, des courants d'air dans les couloirs ou des miasmes dans l'eau du puits. Tout cela n'était guère encourageant et faisait l'objet de commentaires appropriés de la part des personnes que je connaissais. Mais ce sont les notes prises par mon vieil oncle, le Dr Elihu Whipple, qui me révélèrent en détail les présomptions vagues qui s'étaient formées chez les domestiques et les petites gens de l'époque, présomptions qui ne transpirèrent guère et se trouvaient bien oubliées quand Providence devint une véritable capitale vers laquelle affluaient les immigrants.

Il est de fait que cette maison ne fut jamais considérée, par la grande majorité des habitants, comme vraiment « hantée ». On ne parlait pas de bruits de chaînes, de courants d'air glacés, de lumières qui s'éteignent ou de visages qui apparaissent aux vitres. Les plus audacieux se risquaient parfois à dire que cette maison « n'avait pas de chance », mais ils n'en disaient guère plus. Ce qu'on ne pouvait contester, c'est qu'un nombre imposant de personnes y mouraient ou plus précisément y *étaient mortes*, puisqu'au terme d'un certain nombre d'aventures étranges qui s'y étaient déroulées soixante années plus tôt, cette maison était abandonnée, faute de locataires. Ses habitants n'y étaient pas morts de mort violente. Il semblait plutôt qu'ils y avaient perdu peu à peu leur vitalité, de sorte que chacun d'entre eux avait succombé, plus tôt qu'il n'aurait dû, à certaines faiblesses de son tempérament. Mais ceux qui n'étaient pas morts avaient éprouvé, à des degrés variables, une sorte d'anémie ou de consomption, parfois un déclin de leurs facultés mentales qui prouvait bien l'insalubrité de l'édifice. Les maisons voisines, il convient de le souligner, ne semblaient pas le moins du monde affectées des mêmes désordres.

C'est du moins ce que j'avais appris avant que mon enquête obstinée amenât mon oncle à me communiquer les notes qui nous décidèrent à entreprendre nos hideuses recherches. Dans mon enfance, la maison maudite était vide, cernée de vieux arbres stériles et noueux, d'une pelouse envahie de hautes herbes aux formes fantastiques et d'une végétation au dessin cauchemardesque qui emplissait la terrasse où les oiseaux ne s'attardaient guère. Avec mes camarades, nous passions en hâte devant cette maison et je me rappelle encore nos terreurs enfantines, non seulement devant l'étrangeté morbide de cette végétation sinistre, mais également devant l'atmosphère et l'odeur épouvantables de cette maison ruinée dont nous forcions souvent la porte d'entrée pour éprouver des frissons. Les petites vitres étaient pour la plupart brisées et une atmosphère indicible de désolation suintait des lambris écaillés, des volets branlants, du papier qui pendait des murs, du plâtre qui tombait par plaques, de l'escalier gémissant et des bribes de mobilier qui s'y trouvaient encore. La poussière et les toiles d'araignée ne faisaient qu'ajouter à l'aspect effrayant de l'ensemble et il fallait être bien courageux pour entreprendre l'ascension de l'échelle qui menait au grenier, un long grenier étayé de poutres, éclairé par des œils-de-bœuf situés à l'extrémité des pignons, envahi d'épaves, armoires, fauteuils, rouets sur lesquels s'était déposée la poussière des ans en un linceul festonné qui leur donnait des formes monstrueuses et diaboliques.

Mais, réflexion faite, le grenier n'était pas la partie la plus horrible de l'édifice. C'était la cave humide et suintante qui suscitait en nous la répulsion la plus forte, bien qu'elle fût située au-dessus du niveau de la rue et qu'un mur de brique percé de fenêtres et d'une porte la séparât du trottoir où passaient les voisins. Nous étions toujours pris entre le désir d'y venir pour éprouver une fascination spectrale et celui de l'éviter, de peur de compromettre notre santé morale. L'odeur qui imprégnait l'ensemble de la maison y était plus forte qu'ailleurs. D'autre part, nous abhorrions les champignons blancs qui, par les étés pluvieux, poussaient subitement sur le sol moisi. Ces champignons, aussi grotesques que la végétation de la cour, avaient des formes vraiment horribles. C'étaient de repoussantes parodies d'agarics et de «pipes indiennes» dont nous n'avions jamais vu les modèles. Ils pourrissaient très vite et, avant de disparaître, émettaient une légère phosphorescence. C'est pourquoi les gens qui d'aventure passaient par là la nuit croyaient apercevoir des feux follets derrière les vitres brisées de ces fenêtre diaboliques.

Même dans les circonstances les plus romanesques, nous ne visitions jamais cette cave la nuit, mais au cours de certaines de nos visites diurnes nous pouvions remarquer le phénomène de phosphorescence, surtout par les jours sombres et humides. Nous avions également le sentiment de percevoir un élément plus subtil, un élément fort étrange qui ne pouvait être tout au plus qu'une suggestion. Je veux parler d'une sorte de dessin nébuleux et blanchâtre sur le sol battu, un vague dépôt mobile de terreau ou de salpêtre que nous croyions parfois pouvoir détecter au milieu des moisissures, à proximité de l'énorme cheminée de la cuisine souterraine. De temps à autre, nous avions le sentiment que ces dessins ressemblaient étrangement à une forme humaine recroquevillée en chien de fusil, bien que généralement cette ressemblance fût factice ; très souvent ce dépôt blanchâtre n'était guère apparent. Un après-midi pluvieux où cette illusion était particulièrement forte et où, de plus, j'avais cru percevoir une sorte d'exhalaison jaunâtre et tremblante s'élever du dessin azoté vers la cheminée béante, je m'ouvris de mes soupçons à mon oncle. Il sourit de ma remarque, mais son sourire me sembla empreint d'une certaine compréhension. J'appris plus tard qu'une idée du même genre circulait dans les récits que se faisaient les petites gens d'autrefois, idée qu'évoquaient également les formes lupesques et fantomatiques de la fumée dans la grande cheminée, les formes étranges des racines noueuses qui crevaient les murs ébranlés des fondations et poussaient leurs ramifications jusque dans la cave.

II

Quand je devins homme, mon oncle me communiqua les notes et les faits qu'il avait réunis au sujet de la maison maudite. Le Dr Whipple était un médecin traditionnaliste et fort équilibré de la vieille école et, malgré tout l'intérêt qu'il manifestait pour cette maison, il n'avait guère envie d'orienter les préoccupations d'un jeune homme vers l'anormal. Il estimait que, compte tenu de la nature du bâtiment et de ses propriétés manifestement insalubre, il n'y avait rien d'anormal. Mais il avait compris que le pittoresque même qui éveillait son propre intérêt risquait, dans l'imagination d'un enfant, de créer toute une suite de fantasmes dangereux.

Ce médecin célibataire était un vieil homme à cheveux blancs, toujours rasé de près ; historien remarquable, il s'était souvent lancé dans des controverses avec des tenants de la tradition comme Sidney S. Rider et Thomas W. Bicknell. Il n'avait qu'un domestique et vivait dans une maison géorgienne dont la porte d'entrée était décorée d'un heurtoir et dont le perron était muni d'une rampe en fer. Cette demeure était accrochée au flanc abrupt de la Rue du Palais de Justice, à proximité de l'ancien Tribunal et d'une maison coloniale où son grand-père (cousin du fameux corsaire, le capitaine Whipple, qui avait incendié, en 1722, le *Gaspée*, goélette armée de Sa Majesté) avait voté, le 4 mai 1776, en faveur de l'Indépendance de la Colonie de Rhode Island.

Autour de lui, dans la bibliothèque humide au plafond bas, aux lambris blancs et moisis, à la cheminée sculptée, aux fenêtres couvertes de vigne vierge, subsistaient les vestiges et les chroniques de cette vieille famille où l'on retrouvait de nombreuses allusions à la maison maudite de la Rue des Bienfaits. Cet endroit maudit ne se trouve pas très loin, car la rue court derrière le tribunal au sommet de la colline escarpée où s'étaient installés les premiers colons.

Lorsque, à force d'insister, ma curiosité d'adulte extorqua à mon oncle les histoires dont je cherchais à percer le mystère, il étala devant moi une étrange chronique. Cette longue histoire, statistique et rébarbative dans sa généalogie, contenait cependant toute une suite d'horreurs tenaces et de malveillances surnaturelles qui m'impressionnèrent encore plus qu'elles n'avaient impressionné le bon médecin. Des événements isolés se recoupaient d'une manière étrange et des détails apparemment sans liaison contenaient des myriades de possibilités hideuses. Une nouvelle et irrésistible curiosité s'empara de moi et je compris qu'auprès d'elle, ma quête enfantine avait été bien faible et désordonnée. La première révélation me lança dans une recherche exhaustive et éperdue qui se révéla désastreuse pour moi-même et pour les miens, car mon oncle insista pour m'accompagner dans l'enquête que j'avais entreprise, et au terme d'une nuit dans cette maison, il n'en revint pas. Je me sens bien seul sans cet homme merveilleux dont toute la vie ne fut qu'un tissu de vertus honorables, de bon goût, de gentillesse et d'érudition.

J'ai fait élever une urne de marbre à sa mémoire dans le cimetière de Saint-John que Poe aimait tant : petit bois et grands saules sur la colline où les pierres tombales se pressent entre la masse vétuste de l'église, les maisons et les murs de la rue des Bienfaits.

L'histoire de la maison, noyée dans une marée de dates, ne contenait rien de macabre, qu'il s'agît de sa construction ou de la famille honorable et cossue qui l'avait érigée. Cependant, dès le début, une sorte de calamité, dont les événements ne devaient que trop bien confirmer la nature, s'était manifestée. L'histoire, soigneusement rapportée par mon oncle, commence avec la construction des fondations en 1763 et le récit en suit les différentes phases en détail. La maison maudite, semble-t-il, fut d'abord habitée par William Harris et sa femme Rhoby Dexter et leurs enfants Elkanah, né en 1755, Abigail, née en 1757, William Junior, né en 1759 et Ruth, née en 1761. Harris était un grand marchand et armateur qui faisait commerce avec les Indes Occidentales et travaillait avec la maison Obadiah Brown et neveux. Après la mort de Brown en 1761, la nouvelle entreprise de Nicholas Brown et Cie fit de lui le propriétaire du brick *Prudence*, construit dans les arsenaux de Providence, navire de 120 tonneaux qui lui permit de posséder la maison qu'il désirait depuis le début de son mariage.

Le site qu'il avait choisi dans le nouveau quartier à la mode de la rue de Derrière, au flanc de la colline qui dominait le quartier populeux de

Cheapside, répondait à ses désirs et la maison elle-même était digne du quartier. C'était le maximum de ce que pouvait se permettre une fortune moyenne. Harris n'avait pas tardé à y emménager avant la naissance de son cinquième enfant. Ce garçon naquit en décembre, mais il était mort-né. Aucun autre enfant ne devait naître dans cette maison pendant un siècle et demi.

Au mois d'avril suivant, tous les enfants tombèrent malades et Abigail et Ruth moururent avant le mois de mai. Le docteur Hob Hives diagnostiqua une sorte de fièvre enfantine, mais d'autres virent dans ces deux décès une sorte de consomption irrémédiable. Cette maladie en tout cas devait être contagieuse, car Hannah Bowen, l'une des deux domestiques, en mourut au mois de juin. Eli Lideason, l'autre servante, se plaignait constamment d'une sorte de faiblesse. Elle serait bien revenue à la ferme de son père, à Rehoboth, si elle ne s'était prise d'affection pour Mehitabel Pierce, qui avait été engagé après la mort d'Hannah. Lui-même mourut l'année suivante ; ce fut une bien triste année, puisqu'elle entraîna également la mort de William Harris, affaibli par le climat de la Martinique où son commerce l'avait retenu de longs mois au cours de la précédente décennie.

Sa veuve, Rhoby Harris, ne résista pas à cette catastrophe et le décès de son aînée Elkanah, deux ans plus tard, compromit définitivement son équilibre mental. En 1768, elle contracta une espèce de folie légère et vécut désormais cantonnée à l'étage. Sa sœur aînée, Mercy Dexter, qui n'était pas mariée, vint s'occuper d'elle. Mercy était une femme osseuse et assez laide, d'une forte constitution, mais sa santé déclina dès son arrivée. Elle était fort dévouée à sa malheureuse sœur et avait une affection particulière pour le seul neveu qui lui restait, William, qui, jadis robuste bébé, était devenu un jeune homme maladif et chétif. Cette année-là la servante Mehitabel mourut et l'autre domestique, Preserved Smith, quitta la maison sans donner d'explication logique ou du moins en racontant des histoires à dormir debout et en se plaignant de la puanteur de l'endroit. Pendant quelque temps, Mercy ne put s'assurer le concours d'aucun domestique, car sept morts et un cas de folie, le tout en l'espace de cinq ans, avaient donné naissance à des bruits et des bavardages qui devaient ensuite prendre corps. Elle finit cependant par s'attacher une servante venue d'ailleurs, Anne White, femme maussade qui avait vécu dans ce qui était alors Kingstown et qui est devenu la ville d'Exeter, et un brave homme de Boston qui s'appelait Zenas Low.

C'est Anne White qui, la première, répandit des bruits sinistres sur la maison. Mercy aurait mieux fait de ne pas engager une personne du pays de Nooseneck, car ce village perdu dans les bois était alors, comme aujourd'hui, la proie des superstitions les plus folles. En 1892, les gens d'Exeter exhumèrent un cadavre et brûlèrent cérémonieusement son cœur en vue d'éviter certaines prétendues visites dangereuses à l'hygiène et à la paix publique ; on imaginera sans peine quelles pouvaient être les idées qui avaient cours dans ce village en 1768. Anne avait la langue bien pendue et, au bout de quelques mois, Mercy la renvoya et la remplaça par une femme gentille et fidèle, de Newport, Maria Robbins.

Cependant, la pauvre Rhoby Harris demeurait, dans sa folie, la proie des rêves et des phantasmes les plus hideux. Parfois, ses cris devenaient intolérables et des heures durant, elle poussait des hurlements horribles qui obligeaient son fils à aller vivre chez son cousin, Peleg Harris, dans le Sentier du Presbytère, près des nouveaux bâtiments du Collège. Le garçon semblait se bien trouver de ce séjour et si Mercy avait été aussi pratique que bien intentionnée, elle l'aurait définitivement confié à son cousin. La tradition hésite à répéter ce que Mme Harris hurlait dans ses rages. Ou plutôt elle nous rapporte des récits tellement extravagants que leur absurdité même les rend irrecevables. Il semble absurde, en effet, qu'une femme qui n'avait que des rudiments de français ait pu hurler pendant des heures des mots dans cette langue ou que cette même personne, isolée mais surveillée, se plaignît d'être mordue et dévorée par une chose qui la regardait fixement. En 1772, le domestique Zenas mourut et lorsque Mme Harris fut informée de ce décès, elle lança un éclat de rire comme on ne lui en avait jamais entendu. L'année suivante, elle mourut et fut enterrée au cimetière du Nord, à côté de son mari.

Lorsque la guerre avec la Grande-Bretagne éclata en 1775, William Harris, malgré ses seize ans et sa faible constitution, réussit à s'engager dans l'Armée d'Observation sous les ordres du général Greene. À partir de ce moment-là, la santé lui revint et la gloire lui sourit. En 1780, capitaine des Forces du Rhode Island à New Jersey sous les ordres du colonel Angell, il rencontra et épousa Phebe Hetfield, d'Elisabethtown, qu'il ramena à Providence lorsqu'il fut démobilisé, l'année suivante.

Le retour du jeune capitaine ne fut pas sans tristesse. La maison, il est vrai, était toujours bien tenue ; on avait élargi la rue qui ne s'appelait plus rue de Derrière mais rue des Bienfaits. Cependant, Mercy Dexter, jadis d'une constitution à toute épreuve, était victime d'une étrange dépression ; maintenant toute courbée, elle faisait pitié ; sa voix était devenue caverneuse, sa pâleur effrayante et la seule servante qui lui restait était affectée des mêmes symptômes. À l'automne de 1782, Phebe Harris donna naissance à une fille mort-née et, le 15 mai suivant, Mercy Dexter quitta ce monde après une vie bien remplie, austère et vertueuse.

William Harris, finalement convaincu de la nature radicalement malsaine de sa demeure, se décida à l'abandonner et à y renoncer à jamais. Ayant trouvé une habitation temporaire où abriter sa famille, à la nouvelle Auberge de la Boule d'Or, il entreprit de faire construire une maison plus belle, rue Westminster, dans ce quartier de la ville qui se trouve de l'autre côté du Grand Pont. C'est là que son fils Dutee naquit en 1785. La famille y demeura jusqu'au moment où des nécessités professionnelles les ramenèrent de ce côté-ci du fleuve et de la colline, rue Angell, dans un nouveau quartier à l'Est, où feu Archer Harris bâtit une somptueuse demeure, au toit malheureusement hideux, en 1876. William et Phebe succombèrent tous deux à l'épidémie de fièvre jaune de 1797, mais Dutee fut élevé par son cousin Rathbone Harris, le fils de Peleg.

Rathbone, qui avait l'esprit pratique, loua la maison de la rue des Bienfaits, malgré le désir qu'avait William de l'abandonner. Considérant qu'il était de son devoir envers son pupille de faire fructifier tous les biens de l'enfant, il ne tint guère compte des morts et des maladies qui s'étaient abattues sur ses habitants, ni de l'aversion croissante dont cette maison faisait l'objet. On peut croire qu'il fut un peu mortifié lorsqu'en 1804 la municipalité lui ordonna de brûler du soufre, du goudron et du camphre dans cette demeure, en raison de la mort douteuse de quatre personnes qui avaient, pensait-on, succombé à l'épidémie de fièvre jaune. On prétendait que la maison avait une odeur de miasmes.

Dutee lui-même ne fut guère attaché à cette maison, car il devint corsaire et se distingua sur le *Vigilant*, sous les ordres du capitaine Cahoone, dans la guerre de 1812. Il revint sain et sauf, se maria en 1814 et devint père dans cette nuit mémorable du 23 septembre 1815 où un cyclone inonda la moitié de la ville et fit s'échouer, dans la rue Westminster, un grand sloop dont les mâts vinrent presque cogner aux fenêtres des Harris, comme pour saluer symboliquement le bébé Welcome, fils de marin.

Welcome mourut avant son père, mais glorieusement, à Fredericksbourg, en 1862. Ni lui ni son fils Archer ne se préoccupèrent de la maison maudite. Ils la considéraient comme une charge, impossible à louer, peut-être à cause de son humidité, de sa puanteur et de sa vieillesse. En fait, elle ne fut jamais louée après une série de morts dont le paroxysme se situe en 1861 mais que les malheurs de la guerre effacèrent. Carrington Harris, le dernier des héritiers mâles, n'y voyait qu'une épave légendaire non dépourvue de pittoresque, jusqu'au jour où je lui dis ce que j'en savais. Il avait l'intention de la démolir et de construire en la place une maison de rapport, mais, après m'avoir entendu, il décida de la garder, de la moderniser et de la louer. Il n'éprouva aucune difficulté à le faire. L'horreur en était passée.

III

On imagine aisément à quel point je fus touché par la chronique historique des Harris. Tout au long de cette chronique je croyais voir régner un mal tenace, différent de tout ce que j'avais jamais connu. Un mal manifestement inhérent à la maison et non pas à la famille. Cette impression fut confirmée par un ensemble systématique de faits indépendants, notés par mon oncle, légendes rapportées par les bavardages des domestiques, articles de journaux, copies de permis d'inhumer rédigés par les médecins, etc. Je ne puis songer à reproduire ici ces documents fort nombreux, car mon oncle était passionné d'histoire et s'intéressait beaucoup à la maison maudite. Je puis toutefois dégager certains points particuliers qui méritent d'être notés par leur répétition et la diversité de leurs origines. Ainsi, les bavardages des domestiques semblaient tous attribuer à la *cave* malodorante et humide une part prépondérante dans cette influence maléfique. Certains serviteurs, et surtout Anne White, n'utilisaient pas la cuisine de la cave ; et au moins trois légendes fort précises insistaient sur la forme quasi-humaine et diabolique des racines d'arbres et des moisissures qui s'y trouvaient. Ces récits m'intéressèrent vivement, étant donné ce que j'avais noté moi-même dans mon enfance, mais j'avais le sentiment que la plupart de ces rapports avaient été, dans chaque cas, obscurcis par ce qu'y ajoutaient les traditions locales concernant les histoires de fantômes.

Anne White, nourrie des superstitions d'Exeter, avait fait le récit le plus extravagant, et en même temps le plus logique. Elle prétendait que sous la maison devait être enterré un de ces vampires (cadavres qui gardent leur forme humaine en se nourrissant du sang et du souffle des vivants) dont les légions hideuses libèrent la nuit les formes ou les esprits prédateurs. Pour détruire un vampire, on doit, disent les grands-mères, l'exhumer et brûler son cœur ou du moins y planter un pieu. Et l'insistance obstinée qu'avait mise Anne White à fouiner dans la cave avait fini par provoquer son renvoi.

Cependant, ses récits trouvaient une large audience et étaient d'autant plus aisément acceptés que la maison avait été érigée sur un terrain jadis utilisé comme cimetière. À mes yeux, leur intérêt dépendait moins de ces circonstances que du fait troublant qu'ils recoupaient certains autres indices, plaintes du domestique Preserved Smith qui avait précédé Anne et n'avait jamais entendu parler d'elle (il prétendait que quelque chose « buvait son souffle » la nuit) ; permis d'inhumer des victimes de la fièvre de 1804, établis par le docteur Chad Hopkins, révélant que les quatre personnes décédées n'avaient plus une goutte de sang ; passages obscurs des délires de la pauvre Rhoby Harris, se plaignant de dents aiguisées, d'une présence aux yeux vitreux, à demi visible.

Aussi sceptique que je sois devant ces superstitions, elles produisirent néanmoins sur mon esprit une sensation bizarre, renforcée par deux coupures de journaux relatives à des morts qui s'étaient produites, à de longues années d'intervalle, dans la maison maudite. L'une, de la *Gazette de Providence et des Environs* du 12 avril 1815, et l'autre, de *La Chronique Quotidienne* du 27 octobre 1845. Chacune de ces coupures rapportait en détail une circonstance particulièrement macabre dont la répétition était étonnante. D'après elles, dans les deux cas, les agonisants, en 1815 une brave vieille dame du nom de Stafford, en 1845 un instituteur d'une quarantaine d'années nommé Eleazar Durfee, subirent une horrible métamorphose. Considérant d'un œil vitreux la gorge du médecin qui les soignait, ils essayèrent de la mordre. Le phénomène le plus troublant, et qui mit un terme à la location de la maison, fut une série de morts dues à l'anémie et précédées de folies progressives au cours desquelles les malades essayaient d'attenter par ruse à la vie de leurs parents en leur mordant le cou et les poignets.

Ceci se passait en 1860 et 1861, alors que mon oncle venait de commencer à pratiquer la médecine. Avant de partir pour le front, il avait entendu ses collègues évoquer cette affaire. L'élément vraiment inexplicable était la manière dont les victimes (personnes ignorantes, car on ne pouvait plus alors louer la maison méphitique et maudite qu'à des personnes de cette classe) balbutiaient des malédictions en français, langue qu'elles n'avaient certainement pas apprise. On songea alors à la pauvre Rhoby Harris, morte depuis près d'un siècle, et mon oncle en fut si ému qu'il commença à réunir des documents historiques sur la maison après avoir entendu, quelque temps après son retour de la guerre, le récit authentique des docteurs Chase et Whitmarsh. Je me rendais bien compte que mon oncle avait beaucoup réfléchi à cette affaire et se félicitait de la curiosité ouverte et sympathique que je témoignais et qui lui permettait d'évoquer avec moi une question dont d'autres se seraient contentés de rire. Son imagination ne l'avait pas entraîné aussi loin que la mienne, mais il avait le sentiment que cette maison suscitait des débauches mentales et pouvait servir le propos de quiconque entendait explorer le domaine du grotesque et du macabre.

Pour ma part, j'étais enclin à considérer le sujet avec un profond sérieux et je me mis immédiatement non seulement à contrôler les preuves, mais à accumuler tous les faits que je pus réunir. Je m'entretins avec le vieux Archer Harris, alors propriétaire de la maison, à plusieurs reprises avant sa mort en 1916 ; j'obtins de lui et de sa sœur Alice des preuves authentiques de la véracité des documents réunis par mon oncle, mais lorsque je leur demandai quels rapports cette demeure avait bien pu avoir avec la France ou la langue française, ils s'avouèrent tout aussi intrigués et ignorants que moi. Tout ce que Mlle Alice put me dire, c'est que son grand-père, Dutee Harris, avait entendu parler de quelque chose qui n'était qu'un indice. Le vieux marin, qui avait survécu à la mort de son fils Welcome pendant deux ans, n'avait pas connu lui-même cette légende, mais il se souvenait que sa première gouvernante, la vieille Maria Robbins, avait vaguement entendu parler de quelque chose qui aurait pu donner un sens étrange au délire français de Rhoby Harris qu'elle avait si souvent entendue au cours des derniers jours que cette malheureuse avait passés sur terre. Maria avait vécu dans la maison maudite de 1769 à 1783, date à laquelle la famille avait déménagé, et elle avait assisté à l'agonie de Mercy Dexter. Un jour, elle y avait fait allusion devant le petit Dutee et lui avait rapporté un détail étrange de cette agonie. Mais il n'avait pas tardé à tout oublier, se rappelant seulement que c'était quelque chose d'étrange. De plus, l'héritière avait du mal à se souvenir de cet entretien. Son frère et elle ne s'intéressaient pas autant à la maison que le fils d'Archer, Carrington, propriétaire actuel, avec qui je m'entretins, après mon expérience.

Ayant obtenu de la famille Harris toutes les

informations qu'elle pouvait me donner, je me mis à étudier les documents municipaux et l'histoire de la ville avec un sérieux et une attention supérieurs à ceux qu'avait déployés mon oncle en semblables circonstances. Je voulais connaître parfaitement l'histoire de la maison depuis le début de la colonisation, en 1636 ou même auparavant, et retrouver, si possible, toutes les légendes indiennes du Narragansett pour étayer les faits. Je m'aperçus, dès le début de mes recherches, que ce terrain avait fait partie d'une longue bande de lotissements accordés à l'origine à John Throckmorton ; c'était l'un des nombreux lotissements analogues qui, partant de la rue de la Ville, le long du fleuve, escaladaient la colline jusqu'à l'endroit où se trouve aujourd'hui la rue de l'Espoir. Le lotissement de Throckmorton avait été ensuite divisé en plusieurs parcelles. J'étudiai plus particulièrement la région où devait passer plus tard l'ex-rue de Derrière, rue des Bienfaits. On disait que sur cet emplacement se trouvait jadis le cimetière des Throckmorton ; mais en étudiant les documents de plus près, je m'aperçus que les tombes avaient toutes été transférées très tôt au cimetière du Nord, sur la route de l'Ouest qui mène à Pawtucket.

Puis, soudain, je découvris (par un hasard extraordinaire, puisqu'il ne se trouvait pas dans le corps des documents et aurait aussi bien pu m'échapper) un document qui éveilla mon intérêt, car il recoupait plusieurs des éléments les plus étranges de cette histoire. Il s'agissait du bail d'un petit lopin de terre accordé en 1697 à un certain Étienne Roulet et à sa femme. Voilà que l'élément français apparaissait, élément français doublé d'un élément d'horreur que ce nom même évoquait, à la suite des lectures les plus étranges et les plus bizarres que j'aie jamais faites. Je me suis mis à étudier fébrilement la configuration de la commune, telle qu'elle existait lorsqu'on avait rectifié la rue de Derrière, entre 1747 et 1758. Je découvris une chose à laquelle je m'attendais à moitié : là où se trouvait maintenant la maison maudite, les Roulet avaient installé leur cimetière, derrière une petite maison à un étage avec grenier, mais il ne subsistait aucune trace d'un transfert de leurs tombes. Ce document se terminait dans la plus grande confusion et il me fallut écumer la Société Historique de Rhode Island et la Bibliothèque Shepley avant de découvrir un indice relatif à Étienne Roulet. Je finis par découvrir quelque chose d'une importance tellement monstrueuse que je me mis immédiatement à explorer la cave de la maison maudite avec une minutie passionnée.

Il semble que les Roulet soient arrivés en 1696 de Greenwich, sur la côte occidentale de la baie de Narragansett. C'était des huguenots de Caude qui avaient éprouvé de grandes difficultés à obtenir de la municipalité de Providence la permission de s'installer en ville. Ils étaient fort impopulaires à Greenwich où ils étaient arrivés en 1686, après la révocation de l'Édit de Nantes, et la rumeur publique prétendait que cette antipathie n'était pas due seulement à des préjugés raciaux et nationaux ou à de ces controverses terriennes qui opposent d'autres pionniers français à leurs rivaux anglais, controverses que même le Gouverneur

Andros était bien incapable d'apaiser. Mais leur protestantisme passionné, trop passionné, murmuraient certains, et leur détresse manifeste lorsqu'ils avaient été virtuellement chassés du village avaient fini par leur obtenir un asile. Et Étienne Roulet, moins apte à cultiver les champs qu'à lire des ouvrages étranges et à inventer de curieux dessins, reçut un poste administratif au dépôt du port, à Pardon Tillinghast, au bas de la rue de la Ville. Il y avait eu une sorte d'émeute par la suite (quelque quarante ans plus tard, après la mort du vieux Roulet), après quoi personne ne semblait avoir entendu parler de cette famille.

Pendant plus d'un siècle, se souvenant des Roulet, on avait passionnément évoqué la mémoire de ceux qui avaient troublé la vie paisible d'un port de Nouvelle-Angleterre. C'était Paul surtout, le fils d'Étienne, garçon taciturne dont la conduite désordonnée avait sans doute provoqué l'émeute qui avait déshonoré sa famille, qui faisait l'objet des discussions. Bien que Providence ne partageât pas les terreurs qu'inspirait à ses voisins puritains la sorcellerie, les vieilles femmes disaient fort librement que ses prières n'étaient guère orthodoxes. Tout ceci avait sans aucun doute contribué à donner naissance à la légende dont s'était fait l'écho la vieille Maria Robbins. Quel rapport elle pouvait avoir avec les délires français de Robby Harris et des autres habitants de la maison maudite, seules l'imagination ou de futures découvertes pourraient le dire. Je me demandais combien de ceux qui avaient entendu ces légendes comprenaient le lien supplémentaire avec le terrible que mes nombreuses lectures m'avaient fourni. Ce fait divers, redoutable dans les annales de l'horreur morbide, raconte l'histoire de *Jacques Roulet de Caude* qui, en 1589, fut condamné à mort pour activité démoniaque, mais ensuite sauvé du bûcher par le Parlement de Paris et interné dans un asile d'aliénés. On l'avait trouvé couvert de sang et de lambeaux de chair dans un bois, peu après qu'un enfant eût été dévoré par deux loups L'un de ceux-ci s'était enfui, sain et sauf. C'était à coup sûr une de ces bonnes légendes qu'on se raconte au coin du feu, pleine de sous-entendus quant aux noms et aux lieux. Mais je me dis que les habitants de Providence ne risquaient guère d'en avoir entendu parler. Dans l'hypothèse contraire, la coïncidence des noms aurait entraîné des décisions impitoyables dues à la peur. En fait, quelques chuchotements n'auraient-ils pas suffi à provoquer l'émeute qui chassa les Roulet de la ville ?

Je me mis alors à visiter l'endroit maudit de plus en plus souvent. J'étudiai la végétation malsaine qui poussait dans le jardin, je sondai les murs de la maison et j'explorai chaque pouce du sol de la cave. Finalement, avec la permission de Carrington Harris, j'introduisis une clé dans la porte de la cave qui ouvrait sur la rue des Bienfaits, de manière à gagner ainsi plus rapidement le monde extérieur qu'en passant par l'escalier obscur, le rez-de-chaussée et la porte d'entrée. En cet endroit où s'amassaient des ténèbres morbides, je me livrais à mes explorations, des après-midi entiers, tandis que la lumière du soleil filtrait par la porte envahie de toiles d'araignée, à quelques pas seulement du trottoir paisible. Rien de nouveau ne récompensait mes efforts. C'étaient toujours la même humidité déprimante, de vagues indices d'odeurs méphitiques, des traces de salpêtre sur le sol et j'imagine que bien des passants intrigués devaient me regarder par les vitres brisées.

Finalement, sur la suggestion de mon oncle, je décidai d'explorer ce lieu la nuit. Un soir de tempête, à minuit, je pénétrai, armé d'une torche électrique, dans la cave pour étudier, sur le sol moisi, les formes torturées des champignons à demi phosphorescents. L'atmosphère des lieux avait abattu mon courage ce soir-là et je ne fus guère surpris lorsque j'aperçus, ou crus apercevoir, parmi les dépôts blanchâtres, l'esquisse assez nette d'une forme humaine recroquevillée en chien de fusil. Je m'en doutais depuis longtemps. La fermeté du dessin cependant était étonnante et, en observant de plus près, je crus voir la fine exhalaison jaunâtre qui m'avait tant étonné par un après-midi pluvieux, bien des années auparavant.

Elle s'élevait au-dessus de la tache anthropomorphique du terreau, près de la cheminée. C'était une vapeur subtile, maladive, quasilumineuse qui, suspendue dans l'air humide, semblait se diluer en une forme vague et repoussante et, devenue nuageuse, montait dans la grande cheminée noire, pour ne laisser dans son sillage qu'une puanteur horrible. Horrible vraiment, d'autant plus que je connaissais l'histoire de ce lieu. Refusant de m'enfuir, je regardai la forme s'évanouir et tandis que je l'observais, je m'aperçus qu'elle me regardait à son tour d'un air vorace, avec des yeux plus imaginables que visibles. Lorsque je rapportai ce phénomène à mon oncle, il fut fortement troublé et, au bout d'une heure d'intense réflexion, il prit une décision irrévocable. Considérant l'importance de ces faits et le sens de notre enquête, il voulut que nous éprouvions, et si possible détruisions, l'horreur qui régnait dans cette maison en veillant tous deux plusieurs nuits de suite si besoin était, dans cette cave moisie et maudite.

IV

Le mercredi 25 juin 1919, après avoir fait part de notre projet à Carrington Harris, sans toutefois lui révéler nos soupçons, mon oncle et moi-même transportâmes dans la maison maudite deux fauteuils pliants, un lit de camp et un certain nombre de lourds et complexes instruments scientifiques. Nous les disposâmes dans la cave pendant le jour, obstruâmes les fenêtres avec du papier et décidâmes de revenir le soir, pour notre première veille. Nous avions fermé à clé la porte qui menait de la cave au rez-de-chaussée. Comme nous avions la clé qui ouvrait la porte de la rue, nous allions pouvoir laisser là les appareils fort coûteux et fragiles que nous nous étions procurés secrètement et à grand prix, aussi longtemps que nos veilles devraient durer. Nous avions l'intention de passer la nuit en prenant le quart toutes les deux heures, moi d'abord, mon oncle ensuite. Celui qui ne veillerait pas se reposerait sur le lit.

La résolution avec laquelle mon oncle se procura les instruments au laboratoire de Brown University et à l'Arsenal de la rue Cranston, et prit d'instinct la direction de cette aventure, fut un merveilleux exemple de la vitalité et de la résistance d'un vieillard de 81 ans. Elihu Whipple avait toujours observé les règles d'hygiène qu'il recommandait à ses malades et je pense qu'il serait toujours des nôtres, sans l'événement que je vais rapporter. Deux personnes seulement se doutent de ce qui s'est passé, Carrington Harris et moi-même. Je dus lui raconter l'histoire : il était le propriétaire de la maison et il fallait bien qu'il sût ce qu'il en était. De plus, nous nous étions ouverts à lui de notre projet et j'espérais qu'après la mort de mon oncle, il comprendrait la situation et m'aiderait à fournir au public les explications nécessaires. Il pâlit, mais accepta de m'aider et décida qu'il pourrait désormais louer la maison sans danger.

Prétendre que nous n'étions pas inquiets, par cette nuit pluvieuse où nous prîmes notre première veille, serait une bravade ridicule. Nous n'étions pas, comme je l'ai dit, puérilement superstitieux, mais nos études scientifiques et nos méditations nous avaient enseigné que l'univers connu à trois dimensions ne comprend qu'une infime partie de tout le cosmos de substance et d'énergie. Dans cette perspective, le poids des preuves fournies par de nombreuses sources authentiques démontrait l'existence tenace de certaines forces très puissantes et d'une malignité exceptionnelle à l'égard des hommes. Dire que nous croyions véritablement aux vampires et aux loups-garous serait une déclaration inconsidérée. Il conviendrait plutôt de dire que nous n'étions pas disposés à nier la possibilité de certaines modifications insolites et peu connues de la force vitale et de la matière atténuée. Elles apparaissent rarement dans l'espace à trois dimensions, à cause de leur rapport plus intime avec d'autres unités spatiales ; pourtant elles sont assez proches des frontières de notre univers pour se manifester parfois dans des circonstances telles que nos sens, impropres à cette perception, ne nous permettront sans doute jamais de les comprendre.

En bref, il nous semblait, à mon oncle et à moi, qu'un ensemble de phénomènes inéluctables démontrait la présence larvée d'une certaine influence dans la maison maudite. Cette influence pouvait être imputable à l'un ou l'autre des malheureux pionniers français, morts deux siècles auparavant, et opérer à ce jour selon les lois inconnues du mouvement atomique et électronique. Que la famille Roulet eût présenté une affinité anormale pour les lieux extérieurs de l'entité, pour les sombres sphères qui n'inspirent aux gens normaux que répulsion et erreur, ce qu'on savait d'eux semblait le prouver. Les émeutes qui s'étaient déroulées vers 1730 n'avaient-elles pas mis en branle certaines forces cinétiques dans la cervelle morbide de l'un ou de plusieurs d'entre eux (et surtout du sinistre Paul Roulet), forces qui survivaient obscurément aux squelettes et continuaient à fonctionner dans un espace à plusieurs dimensions, suivant les lignes originales de forces commandées par une haine inexpiable envers la collectivité qui les entourait ? Ce n'était pas là sûrement une impossibilité chimique ou physique, à la lumière d'une science qui nous a révélé les théories de la relativité et de l'action intra-atomique. On pourrait aisément supposer un noyau étranger de substance ou d'énergie, informe ou de forme inimaginable, maintenu vivant par des ponctions imperceptibles ou immatérielles faites dans la force vitale, le tissu corporel et les fluides d'êtres immédiatement vivants dans lesquels il pénètre et dans le tissu desquels il s'insinue. Ce noyau pourrait être franchement hostile ou n'obéit qu'à des raisons aveugles de subsistance personnelle. Quoi qu'il en soit, un monstre de ce genre doit nécessairement, dans notre vision des choses, être considéré comme une anomalie ou une intrusion que tout homme, défenseur de la vie, de la santé et de l'équilibre mental de ses frères humains, doit s'attacher à éliminer.

Ce qui nous troublait le plus, c'était notre ignorance totale de l'aspect sous lequel se manifesterait la chose. Aucune personne sensée ne l'avait jamais vue et peu d'entre elles l'avaient vraiment sentie. Ce pouvait être une énergie pure, une forme éthérée, étrangère au royaume de la substance, ou un être partiellement matériel ; une masse plastique équivoque et inconnue, capable de se transformer à volonté en approximation nébuleuse des états solide, liquide, gazeux, ou fractionnée en particules. La tache anthropomorphique des moisissures sur le sol, la forme de la vapeur jaunâtre, la courbe des racines d'arbres dans certaines des vieilles légendes, tout contribuait à la présenter comme une reproduction plus ou moins lointaine de la forme humaine. Mais, pour aussi représentative ou permanente qu'ait pu être cette ressemblance, personne ne pouvait l'affirmer avec certitude.

Nous avions conçu deux armes pour la combattre. Un grand tube de Crookes, adapté à la circonstance, mû par de puissantes batteries à accumulateurs, muni d'écrans et de réflecteurs spéciaux, au cas où la forme s'avérerait intangible et à l'abri de toute arme autre que les radiations d'éther. Et deux lance-flammes comme on en utilisa lors de la Grande Guerre, au cas où elle s'avérerait en partie matérielle et vulnérable par des moyens mécaniques. Car, semblables aux paysans superstitieux d'Exeter, nous étions prêts à brûler son cœur, si elle avait un cœur à brûler. Ces armes offensives furent placées dans la cave, en des positions soigneusement calculées par rapport au lit de camp, aux fauteuils, et à l'endroit, devant la cheminée, où le terreau avait pris ces formes étranges. Ces moisissures, soit dit en passant, étaient à peine visibles quand nous disposâmes nos meubles et nos instruments, et aussi quand nous revînmes ce soir-là pour veiller. Un instant, je me demandai même si je les avais vues d'une manière plus précise; mais alors je songeai aux légendes.

Notre veillée dans la cave commença à dix heures. Au fur et à mesure que la nuit s'écoulait, nous renoncions à l'espoir d'une révélation. Une lueur timide, filtrant des lampadaires battus par la pluie sur le trottoir, et une faible phosphorescence, provenant des champignons qui couvraient le sol, révélaient la pierre suintante des murs d'où toute trace de chaux avait disparu, le sol humide, fétide, rempli de moisissures, couvert de champignons obscènes, les vestiges pourrissants de ce qui avait été jadis des tabourets, des chaises, des tables et d'autres meubles devenus informes, les lourdes planches et les poutres massives du plafond de la cave, la porte décrépite qui donnait accès aux autres pièces de la maison, l'escalier de pierre délabré, muni d'une rampe en bois vermoulu, la cheminée caverneuse de briques noircies où des morceaux de fer rouillés révélaient la présence, jadis, de crochets, de chenets, de broches, de poulies ; et une porte ouvrant sur un four, à quoi il convient d'ajouter notre lit de camp, nos fauteuils pliants, ainsi que les lourds et complexes instruments de mort que nous avions apportés.

Au cours de mes précédentes explorations, nous avions laissé la porte de la rue ouverte ; ainsi, une retraite immédiate et commode nous était ménagée au cas où nous ne pourrions nous rendre maîtres des manifestations. Nous pensions que notre présence nocturne ne manquerait pas d'exciter l'entité maligne qui était tapie en ces lieux, et que, bien préparés, nous pourrions régler son compte à cette chose, à l'aide de l'une ou l'autre de nos armes, dès que nous l'aurions reconnue et suffisamment observée. Nous n'avions aucune idée du temps qu'il nous faudrait pour susciter ou détruire cette chose. Nous avions bien pensé, assurément, que notre aventure était loin d'être de tout repos. Car personne ne pouvait dire de quelle force disposerait la chose. Mais nous pensions que le jeu en valait la chandelle et nous nous étions lancés dans cette entreprise tout seuls, sans l'ombre d'une hésitation. Nous savions, en effet, que tout recours à une aide extérieure n'eût fait que nous exposer au ridicule et risquer de compromettre le succès de notre expérience. Telles étaient nos dispositions d'esprit quand nous conversions fort tard cette nuit-là, jusqu'au moment où la fatigue de mon oncle me fit penser qu'il devait s'étendre pour dormir deux heures.

Une sorte de peur me fit frissonner tandis que j'attendais tout seul le petit matin. Je dis tout seul, car quelqu'un qui veille près d'un dormeur est en fait tout seul. Peut-être plus seul qu'il ne le pense. Mon oncle respirait lourdement ; sa respiration était scandée par la pluie à l'extérieur et soulignée par un autre bruit énervant de gouttes qui tombaient quelque part dans la maison, car cette demeure, humide, même par temps sec, devenait, sous la tempête, assez semblable à un marécage. J'observais la maçonnerie délabrée des vieux murs à la lueur des champignons phosphorescents et des rayons de lumière affaiblie qui passaient par les fenêtres obturées. Puis, lorsque l'atmosphère déprimante de l'endroit m'excéda, j'ouvris la porte et regardai dans la rue, posant mon regard sur des lieux familiers et humant l'air frais. Il ne se passa rien qui récompensât ma veille. Je me mis à bâiller plusieurs fois ; la fatigue l'emportait sur la peur.

Soudain, un mouvement de mon oncle, dans son sommeil, attira mon attention. Il s'était retourné plusieurs fois sur son lit au cours de la première demi-heure, mais maintenant, il respirait avec difficulté et poussait parfois un soupir qui ressemblait plutôt à un gémissement étouffé. Je braquai ma torche électrique sur lui et m'aperçus qu'il s'était retourné de l'autre côté. Je me levai, me dirigeai de l'autre côté du lit et éclairai son visage pour voir s'il éprouvait quelque douleur. Le spectacle qui s'offrit à mes yeux me surprit, chose assez curieuse, étant donné sa banalité. Ce devait être simplement le rapport entre ce spectacle et la nature sinistre de notre quête et de l'endroit où nous étions, car ce que je vis n'avait en soi rien d'effrayant ou d'anormal. L'expression du visage de mon oncle, troublé sans doute par les rêves étranges que notre situation lui inspirait, révélait une grande agitation et ne lui ressemblait pas le moins du monde. Il était d'ordinaire fort calme et bienveillant : or, voici qu'une série d'émotions semblait s'emparer de lui. Je crois que c'est surtout cette *variété* d'émotions qui me troubla particulièrement. Mon oncle haletait et se retournait, de plus en plus troublé, les yeux maintenant mi-clos ; il semblait avoir perdu son identité et incarner plusieurs hommes ; on eût dit qu'il s'était en quelque sorte aliéné.

Tout à coup, il commença à murmurer et je frissonnai en regardant sa bouche et ses dents. Les mots qu'il prononçait furent d'abord indistincts, puis j'y reconnus en sursautant quelque chose qui me remplit d'une terreur glaciale, jusqu'au moment où je me souvins de l'étendue de ses connaissances et des interminables traductions qu'il avait faites d'articles anthropologiques et archéologiques de *La Revue des Deux Mondes*. Car le vénérable Elihu Whipple marmonnait *en français* et les quelques phrases que je pus reconnaître semblaient se rapporter aux mythes ésotériques qu'il avait adaptés du fameux périodique parisien.

Soudain, la sueur envahit le front du dormeur, il se dressa brusquement, à moitié éveillé. Ses bribes de français se transformèrent en un cri anglais et il s'écria d'une voix rauque : « Mon souffle, mon souffle ! » En suite de quoi, il s'éveilla complètement. Son visage reprit une expression normale et mon oncle, me prenant la main, commença à me raconter un rêve qui, lorsque j'en compris l'essentiel, me remplit de terreur.

Il avait commencé par entrer dans une série toute normale d'images oniriques. Puis une scène s'était déroulée dont l'étrangeté n'avait aucun rapport avec ses lectures. Il se trouvait dans ce monde sans y être : une confusion géométrique ténébreuse dans laquelle on pouvait apercevoir les éléments d'objets familiers entrant dans des combinaisons inusitées et troublantes. C'était comme un ensemble désordonné de tableaux surimprimés les uns aux autres, une disposition dans laquelle les principes mêmes du temps et de l'espace semblaient se diluer et se télescoper de la manière la plus illogique. Dans ce tourbillon kaléidoscopique d'images fantasmagoriques surgissaient parfois, pour ainsi dire, des instantanés d'une singulière netteté, mais d'une hétérogénéité incroyable.

Un moment, mon oncle crut qu'il gisait dans une fosse inconsidérément ouverte, bordée d'une foule de visages furieux, encadrés de boucles désordonnées et coiffés de tricornes, qui lui faisaient les gros yeux. Puis, il eut le sentiment de se trouver à l'intérieur d'une maison, d'une vieille maison apparemment, dont les détails et les habitants se métamorphosaient constamment. Il n'avait aucune certitude quant aux visages et aux meubles, ni même à la pièce, car les portes et les fenêtres paraissaient subir les conséquences de ce flux au même titre que des objets plus mobiles. C'était étrange, vraiment étrange, et mon oncle m'en parla presque timidement, comme s'il craignait de n'être pas cru, lorsqu'il déclara que parmi ces visages insolites, beaucoup avaient les traits des Harris. Et tout ce temps-là, il éprouvait une sensation personnelle d'étouffement, comme si quelque présence insinuante s'était logée dans son corps et essayait de s'emparer des sources mêmes de sa vie. Je frissonnai en songeant à ces sources de vie, usées par 81 années de fonctionnement continu, en conflit avec des forces inconnues dont un organisme même plus robuste et plus jeune n'aurait su se rendre maître. Mais je me dis, ensuite, que les rêves ne sont que des rêves, et que ces visions gênantes n'étaient au plus que la réaction de mon oncle aux préoccupations et préparatifs qui nous avaient absorbés récemment, à l'exclusion de toute autre chose.

Sa conversation ne tarda pas à dissiper le sentiment d'étrangeté que j'avais éprouvé et, au bout d'un certain temps, je cédai au sommeil. Mon oncle semblait tout à fait réveillé et fort heureux de prendre la garde à son tour, bien que son cauchemar ne lui eût pas accordé les deux heures de répit auxquelles il avait droit.

Je ne tardai pas à sombrer dans le sommeil et je fus immédiatement la proie de rêves fort troublants. J'éprouvai une solitude cosmique et abyssale ; des forces hostiles se dressaient de toutes parts sur la prison où j'étais confiné ; j'avais l'impression d'être ligoté, bâillonné et assailli par les cris sonores de multitudes qui, au loin, avaient soif de mon sang. Le visage de mon oncle m'apparut sous un jour moins plaisant que dans la réalité et je me souviens des nombreuses luttes futiles que j'entrepris pour essayer de crier. Ce ne fut pas un sommeil agréable et pendant une seconde je ne regrettai pas le cri qui perça les barrières du rêve et me dressa sur mon lit, brusquement alerté ; j'aperçus devant moi les objets qui m'entouraient en relief et plus nets qu'ils en l'étaient d'habitude dans l'univers réel.

V

Je m'étais endormi, le dos tourné au fauteuil sur lequel était assis mon oncle, de sorte qu'en me réveillant brusquement, je vis la porte qui menait à la rue, la fenêtre au nord, le mur, le plancher et le plafond du côté nord de la pièce, le tout photographié avec une netteté morbide dans mon esprit, dans une lumière plus vive que n'en émettaient la lueur des champignons ou les rayons de la rue. Ce n'était pas une lumière forte, ni même assez forte : elle n'était certainement pas assez dense pour permettre la lecture, mais elle projetait l'ombre du lit et de mon corps sur le plancher et elle avait une nuance jaunâtre d'une intensité pénétrante qui évoquait quelque chose de plus fort que la luminosité. Je perçus ce phénomène et m'en alarmai, bien que deux autres de mes sens fussent également alertés. J'avais toujours aux oreilles l'écho de ce cri déchirant et mes narines se révulsaient devant la puanteur qui envahissait les lieux. Mon esprit, aussi vif que mes sens, reconnut immédiatement la gravité de ces éléments insolites et, presque automatiquement, je bondis et me retournai pour saisir les instruments de mort qui devaient se trouver sur les moisissures, devant la cheminée. En me retournant, je redoutai ce que j'allais voir, car le cri que j'avais entendu ne pouvait avoir été poussé que par mon oncle et j'ignorais contre quelle menace je devrais le défendre et me défendre.

Cependant, le spectacle qui s'offrit à ma vue fut pire que tout ce que j'avais rêvé. Il y a des horreurs qui dépassent l'horreur, et j'étais en présence de ces paroxysmes hideux et cauchemardesques que le cosmos réserve aux malheureux qu'il veut maudire. Sur le sol infesté de champignons s'élevait un corps lumineux et vaporeux, jaune et morbide, qui se liquéfiait et grandissait dans des proportions gigantesques, prenait la forme vague d'un être, mi-humain mi-monstre, à travers lequel j'apercevais la cheminée. Cet être était tout en yeux, comme un loup moqueur, et sa tête rugueuse, semblable à celle d'un insecte, se diluait au sommet en fine vapeur brumeuse et putride qui se déroulait dans la pièce, avant de passer dans la cheminée. Je dis que j'ai vu cette chose, mais ce n'est qu'en recomposant consciemment la scène que j'ai réussi finalement à en discerner les formes abominables. Sur l'instant ne m'apparut qu'un nuage, vaguement phosphorescent, d'horreurs spongieuses, enveloppant et dissolvant en une matière horriblement plastique le seul objet sur lequel mon attention était concentrée. Cet objet était mon oncle, le vénérable Elihu Whipple, qui, les traits noircis et décrépits, ricanait, balbutiait et étendait les doigts dégouttants vers moi comme pour me déchirer, en proie à la fureur que cette horreur avait provoquée.

Je dus à mon expérience de ne pas sombrer dans la folie. Je m'étais préparé à ce moment crucial et c'est à cet entraînement inconscient que je dus mon salut. Comprenant que cette malignité liquéfiée n'avait aucune substance que pût affecter la matière ou la chimie matérielle, je renonçai au lance-flammes qui se trouvait à ma gauche et déclenchai le courant du tube de Crookes en dirigeant vers la scène de ce blasphème immortel les plus fortes radiations d'éther que le génie humain puisse capter dans l'espace et dans les fluides de la nature. Il y eut une vapeur bleuâtre, un crachotement saccadé et la phosphorescence jaunâtre s'estompa, mais je compris que cet évanouissement n'était dû qu'au contraste et que les ondes émises par ma machine n'avaient aucun effet.

Alors, au cœur de ce spectacle démoniaque, j'aperçus une nouvelle horreur qui fit monter un cri à mes lèvres et me repoussa en titubant par la porte ouverte, vers la rue paisible, peu soucieux des terreurs abominables que je pouvais déchaîner sur le monde ou des jugements que je risquais de m'attirer. Dans ce sombre mélange de bleu et de jaune, le corps de mon oncle avait commencé à se liquéfier d'une manière révulsante. Il est impossible de décrire l'essence de cette liquéfaction, ni les degrés de métamorphose que révélait son visage et que seule la folie pourrait concevoir. Il devenait à la fois diable et multitude, charnier et cavalcade. À la lueur des rayons mêlés et incertains, ce visage gélatineux prenait une douzaine, une vingtaine, une centaine de formes, s'enfonçait en grimaçant dans le sol sur un corps qui fondait comme du suif, caricature parfaite de légions étranges et pourtant familières.

Je vis les traits de tous les Harris, hommes, femmes, adultes, enfants, puis les traits des vieux et des jeunes, des raffinés et des brutes, des amis et des ennemis. Pendant une seconde, surgit une contrefaçon dégradée d'une miniature de la pauvre Rhody Harris que j'avais vue au musée de l'École de Dessin, puis je crus apercevoir le visage osseux de Mercy Dexter telle que je me la rappelais d'après un tableau dans la maison de Carrington Harris. C'était plus effrayant que tout ce qu'on pouvait imaginer. Vers la fin, un curieux mélange de visages de serviteurs et de bébés apparut près du sol spongieux, où une flaque de graisse verdâtre s'épaississait, et les traits grimaçants semblaient se combattre et cherchaient à retrouver l'expression habituelle à mon oncle. J'aime à croire qu'il existait encore en cet instant-là et qu'il essayait de me dire adieu. Je crois que je hoquetai moi-même un adieu, la gorge sèche, en trébuchant dans la rue. Un petit filet de graisse me suivit par la porte, sur le trottoir lavé de pluie.

Le reste est obscur et monstrueux. Pas une âme dans la rue pluvieuse, personne au monde à qui j'osasse raconter ce qui s'était passé. Je déambulai au hasard, passai devant la Colline du Collège et l'Athénée, descendis la rue Hopkins, traversai le Pont, entrai dans le quartier des affaires où de grands édifices semblaient me protéger, comme les éléments matériels du monde moderne protègent les hommes du merveilleux malsain d'autrefois. Puis, l'aube grise parut, tout humide, à l'est : et la vieille colline, avec ses vénérables clochers, se détacha sur le ciel et m'attira vers le lieu où je devais poursuivre ma terrible tâche. Et je finis par y aller : trempé, tête nue, perdu dans la lumière du petit matin, je repassai l'abominable porte de la rue des Bienfaits que j'avais laissée entrouverte, et qui continuait à battre mystérieusement devant les premières femmes de ménage auxquelles je n'osai adresser la parole.

La flaque de graisse avait disparu, car ce sol était spongieux. Devant la cheminée ne subsistait aucun vestige de la forme gigantesque et recroquevillée. Je regagnai le lit, les fauteuils, les instruments, mon chapeau abandonné et le canotier de mon oncle. J'étais dans un univers brumeux où j'avais peine à discerner le rêve de la réalité. Puis, la conscience me revint et je compris que j'avais été témoin de choses plus horribles encore que je n'en avais rêvé. Je m'assis et essayai de recomposer, aussi bien que la logique le permettait, ce qui s'était passé et me demandai comment mettre un terme à cette horreur si vraiment elle s'était produite. Ce n'était pas une matière, ni de l'éther, ni rien que pût concevoir l'esprit humain. Quoi d'autres alors qu'une émanation exotique, une vapeur vampirique, semblable à celle dont les paysans d'Exeter prétendent qu'elle erre dans certains cimetières ? C'était, selon moi, l'explication. Je contemplai de nouveau, devant la cheminée, le sol où les moisissures de salpêtre avaient adopté une forme étrange. Au bout de dix minutes, ma décision était prise : saisissant mon chapeau, je rentrai chez moi. Je pris un bain, déjeunai, commandai par téléphone une pique, une bêche, un masque à gaz, six bonbonnes d'acide sulfurique, ordonnai de livrer le tout le lendemain matin à la porte de la cave de la maison maudite de la rue des Bienfaits, après quoi j'entrepris de dormir. Comme je n'y parvenais pas, je me mis à lire et à écrire des vers saugrenus pour lutter contre mon humeur.

À onze heures, le lendemain matin, je me mis à bêcher. Il faisait un beau soleil et j'en étais heureux. J'étais encore seul, car si je redoutais l'horreur inconnue que je recherchais, je craignais encore plus d'en parler à quiconque. Par la suite, je racontai l'histoire à Harris, poussé par la nécessité et aussi parce qu'il avait entendu les vieilles gens raconter des histoires de ce genre, ce qui ne le prédisposait guère à me croire. En retournant le terreau puant devant la cheminée, tandis que ma bêche faisait sourdre un suintement visqueux et jaunâtre sur les champignons blancs qu'elle tranchait en deux, je tremblais à l'idée de ce que j'allais peut-être découvrir. Certains secrets enfouis au cœur de la terre sont néfastes aux hommes et je pensais bien être sur le point d'en surprendre un.

Mes mains tremblaient, mais je continuais à bêcher. Au bout d'un moment, je m'arrêtai, debout dans la fosse que j'avais creusée. À mesure que je creusais ce trou, qui avait environ deux mètres carrés, la puanteur ne faisait qu'augmenter. Je n'eus plus aucun doute sur la chose diabolique que j'allais rencontrer et dont les émanations avaient voué cette maison à la malédiction pendant un siècle et demi. Je me demandais à quoi ça ressemblerait, quelles seraient sa forme et sa substance, quelles dimensions elle aurait prises à force de sucer la vie pendant des siècles. Finalement, je sortis du trou et rejetai le tas de terre sur deux côtés, puis disposai au bord de l'excavation les grandes bonbonnes d'acide, de manière à pouvoir, au moment opportun, les vider rapidement dans la fosse. Après quoi je rejetai la terre des deux autres côtés. Je travaillais plus lentement. Lorsque l'odeur se précisa, je coiffai le masque à gaz. J'étais presque à bout de forces en m'approchant de la chose indicible qui devait se trouver au fond de ce puits.

Soudain, ma bêche heurta une substance plus

molle que la terre. Je frissonnai et faillis sortir du trou dans lequel j'étais enfoncé jusqu'au cou, mais le courage me revint. J'enlevai encore un peu de terre à la lumière de ma torche électrique. La matière que j'avais découverte était visqueuse et vitreuse ; c'était une sorte de gelée semi-putride, congelée et translucide. Continuant à bêcher, je pus observer, par une crevasse, cette forme tassée. La surface découverte était énorme, à peu près cylindrique. C'était une sorte d'énorme tuyau de poêle d'un blanc bleuâtre, replié sur lui-même, et qui, dans son diamètre le plus grand, atteignait une cinquantaine de centimètres. Je continuai à bêcher, puis brusquement je bondis hors du trou pour échapper à cette chose dégoûtante. Je débouchai rapidement les lourdes bonbonnes et les renversai précipitamment, avec leur contenu corrosif, l'une après l'autre, dans ce charnier, sur cet objet anormal et impensable dont j'avais vu le *coude* titanesque.

Le maelström aveuglant de vapeur jaune verdâtre qui s'éleva en bourrasque de la fosse tandis que s'infiltraient les flots d'acide, je m'en souviendrai toujours. Sur la colline, les gens parlent encore du jour jaune où des fumées virulentes et pestilentielles s'élevèrent du dépotoir de l'usine, au bord du fleuve de Providence, mais je sais quelle est leur erreur. Ils parlent aussi de l'affreux rugissement qui, au même moment, sortit d'une canalisation bouchée ou d'un collecteur de gaz, mais je pourrais, là aussi, si je l'osais, les détromper. C'était indicible et je ne vois pas comment j'ai survécu à cette expérience. Je me suis évanoui, après avoir vidé la quatrième bonbonne, car les fumées avaient commencé à pénétrer sous mon masque. Mais lorsque je revins à moi, je m'aperçus que du trou ne montait plus aucune vapeur.

Je vidai les deux dernières bonbonnes sans rien noter de particulier et, au bout d'un certain temps, je crus possible de refermer la fosse. Quand j'eus terminé, le crépuscule était tombé, mais la terreur n'habitait plus la maison. L'humidité était moins fétide, les champignons étranges n'étaient plus qu'une sorte de poudre grisâtre inoffensive, qu'on pouvait balayer sur le sol. Une des pires terreurs de cette terre avait péri. L'enfer, s'il existe, venait de recevoir enfin l'âme démoniaque d'un être néfaste. En aplatissant la dernière pelletée de terre, je versai la première des nombreuses larmes que je devais à la mémoire de mon oncle bien-aimé.

Au printemps suivants, les herbes étranges ont cessé de pousser dans le jardin en terrasse de la maison maudite, peu après que Carrington Harris l'eut louée. Cette maison est toujours aussi spectrale, mais son étrangeté me fascine, et j'éprouverai un soulagement mêlé de regrets quand on l'abattra, pour construire à la place un magasin de mauvais goût ou une banale maison de rapport. Les vieux arbres stériles de la cour ont commencé à donner de petites pommes douces et, l'année dernière, les oiseaux sont venus se nicher dans leurs branches noueuses.

La tourbière hantée

Denys Barry est parti, pour quel effroyable et lointain royaume, je l'ignore. J'étais là pendant la dernière nuit qu'il ait passée parmi les hommes, et je l'ai entendu hurler au moment où « la chose » est venue le prendre. Mais en dépit de recherches longues et minutieuses, personne, dans le comté de Meat, ni les habitants ni la police, n'a jamais pu retrouver sa trace ni celle des autres. Et maintenant, je frémis de terreur en entendant coasser les grenouilles dans les marais ou en me trouvant au clair de lune dans un endroit isolé.

C'est en Amérique, où il avait fait fortune, que je m'étais lié avec Denys Barry et je le félicitai vivement lorsqu'il racheta le vieux château de Kilderry, endormi près de la tourbière. Jadis, au temps où ils étaient les maîtres de Kilderry, ses ancêtres avaient habité ce château bâti par eux, mais il y avait bien longtemps de cela et la vaste demeure, vide depuis des générations, tombait lentement en ruine. Barry m'écrivit souvent après son retour en Irlande : sous sa direction, disait-il, les tours se remettaient debout une à une et le château de pierre grise retrouvait son antique splendeur ; le lierre grimpait comme autrefois le long des murs restaurés et les paysans le bénissaient pour avoir, avec son or gagné au-delà des mers, ramené le bon vieux temps. Mais un jour les ennuis vinrent et au lieu de le bénir, les paysans s'enfuirent comme pour échapper à une malédiction. C'est à ce moment qu'il m'écrivit pour me prier d'aller le voir. Il était bien seul dans le château : personne à qui parler, à part les nouveaux domestiques et les ouvriers qu'il avait fait venir du Nord.

À l'origine de tous ces ennuis, me confia Barry dès le premier soir, il y avait la tourbière. C'était l'été et j'étais arrivé à Kilderry par un magnifique coucher de soleil ; l'or du ciel éclairait le vert des collines et des futaies et le bleu de la tourbière sur laquelle, là-bas, scintillait, au milieu d'une petite île, une étrange ruine dorée semblable à un spectre. Les paysans de Ballyhough m'avaient prévenu : ils prétendaient que Kilderry était hanté et je frissonnai involontairement en voyant s'embraser les hautes tours du château. La voiture de Barry m'attendait à la gare de Ballyhough (Kilderry est loin de la ligne du chemin de fer) et les villageois, sans s'occuper de la voiture ni du chauffeur, un homme du Nord, étaient venus me parler à voix basse dès qu'ils avaient appris que j'allais à Kilderry. Et le soir, Barry entreprit de m'expliquer tout cela.

Les paysans avaient quitté Kilderry parce que Barry était sur le point d'assécher la tourbière. Certes il aimait profondément l'Irlande, mais l'Amérique ne l'en avait pas moins marqué : il détestait voir perdre ce magnifique espace d'où l'on pourrait tirer non seulement de la tourbe mais encore de nouvelles terres, et les légendes et les superstitions du pays ne le touchaient pas. Lorsque les paysans refusèrent de l'aider puis, devant sa détermination, s'en allèrent à Ballyhough avec armes et bagages, il ne fit qu'en rire et les remplaça par des ouvriers venus du Nord. Quand ses domestiques le quittèrent à leur tour, il les remplaça de même. Mais la vie était bien triste avec tous ces gens qui lui étaient étrangers. C'est pourquoi il m'avait demandé de venir.

En apprenant pourquoi les gens du pays s'étaient enfuis, je me mis à rire moi aussi, car leurs craintes étaient du genre le plus vague, le plus étrange et le plus absurde qui soit. Elles avaient trait à une légende d'après laquelle un esprit funeste, protecteur de la tourbière, séjournait dans l'étrange ruine que j'avais aperçue sur l'îlot au coucher du soleil. On racontait que des lumières y dansaient par les nuits sans lune et qu'un vent froid y soufflait alors que la nuit était chaude. Il était également question d'une ville de pierre imaginaire ensevelie sous la surface marécageuse et d'esprits planant au-dessus de l'eau. Parmi ces légendes, il y en avait une qui revenait souvent et qui faisait l'unanimité absolue : d'après elle, l'homme qui oserait toucher à l'immense marais rougeâtre ou l'assécher serait maudit. Il y avait des secrets, disaient les paysans, qu'il ne fallait pas dévoiler ; des secrets cachés depuis que la peste avait frappé les enfants de Partholan aux jours fabuleux que l'Histoire ignore. Il est dit dans le «Livre des Envahisseurs» que ces fils des Grecs avaient tous été ensevelis à Tallaght, mais les vieillards de Kilderry prétendaient qu'une ville avait été épargnée grâce à la déesse de la lune, sa protectrice; c'est pourquoi seules les collines boisées la recouvraient quand les hommes de Nemed étaient venus de Scythie dans leurs trente vaisseaux.

Tels étaient les racontars qui avaient poussé les villageois à quitter Kilderry et je ne m'étonnai guère que Barry eût refusé de les écouter. Cependant il s'intéressait beaucoup à l'archéologie et se proposait d'examiner soigneusement la tourbière une fois asséchée. Il avait souvent visité la ruine blanche de l'îlot : elle était visiblement très ancienne et ressemblait fort peu à ce qu'on trouve généralement en Irlande; mais elle était trop délabrée pour révéler l'époque de sa splendeur. Les travaux d'assèchement allaient bientôt dépouiller la tourbière interdite de sa mousse verte et de sa bruyère rougeâtre. On ne verrait plus les minuscules ruisseaux pavés de coquillages ni les calmes étangs bleus bordés de roseaux.

Le voyage avait été fatigant et lorsque Barry, qui avait parlé une partie de la nuit, eut achevé son récit, je tombais de sommeil. Un domestique me conduisit à ma chambre, située dans une tourelle éloignée surplombant le village, la tourbière et la plaine voisine. De mes fenêtres, je voyais, éclairées par la lune, les maisons silencieuses qui, depuis que les paysans s'étaient enfuis, abritaient les hommes du Nord. Je voyais également l'église paroissiale avec sa flèche ancienne et là-bas, de l'autre côté de la tourbière, la ruine sur son îlot, blanche et brillante comme un spectre. Au moment de m'endormir, je crus entendre au loin de faibles sons primitifs et vaguement musicaux qui, par l'état d'agitation où ils me mirent, influencèrent mes rêves. Mais le lendemain à mon réveil, je fus convaincu que je m'étais trompé, car les visions que j'avais eues étaient bien plus extraordinaires que les sons d'un pipeau dans la nuit. Fasciné par les légendes que Barry m'avait rapportées, j'avais erré en songe dans une ville imposante située dans une vallée fertile, où tout, rues et statues de marbre, villes et temples, sculptures et inscriptions, attestait la gloire de la Grèce. Quand je racontai mon rêve à Barry, nous en rîmes tous deux, mais c'est moi qui riais le plus fort ; lui-même était préoccupé : en effet les ouvriers qu'il avait fait venir du Nord s'étaient, pour la deuxième fois, réveillés fort tard, lentement et avec difficulté, se conduisant comme s'ils n'avaient pris aucun repos ; or l'on savait qu'ils étaient tous couchés de bonne heure la veille au soir.

Le matin et l'après-midi, je me promenai seul dans le village ensoleillé, parlant de temps en temps aux ouvriers inoccupés, pendant que Barry s'affairait aux derniers préparatifs. Ces hommes n'étaient guère heureux et presque tous avaient l'air tourmentés par un rêve dont le souvenir leur échappait. Je leur racontai le mien. Ils s'y intéressèrent seulement quand je fis allusion aux airs mystérieux que j'avais cru entendre. Ils me lancèrent alors un curieux regard et me dirent qu'eux aussi se souvenaient vaguement d'une musique étrange.

Le soir, au cours du dîner, Barry m'annonça que les travaux d'assèchement commenceraient le lendemain. J'en fus heureux car, tout en regrettant de voir disparaître la mousse et la bruyère, les ruisseaux et les étangs, je désirais de plus en plus vivement découvrir les antiques secrets enfouis sous la tourbe. Cette nuit-là, mes rêves de pipeaux et de péristyles connurent une fin brutale et inquiétante : je vis la cité de la vallée frappée par la peste, puis les collines boisées s'écroulèrent et ensevelirent les cadavres dans les rues. Seul échappa à la destruction le temple d'Artémis, au sommet de la colline, où gisait la vieille Cléis, prêtresse de la lune, une couronne d'ivoire sur sa chevelure d'argent.

J'ai dit que je m'éveillai brusquement, en proie à la terreur. Pendant quelques instants, je ne sus si je dormais ou si je veillais, car mes oreilles résonnaient encore du son des pipeaux ; mais voyant se dessiner sur le sol, sous les rayons glacés de la lune, les contours d'une fenêtre gothique, j'estimai que je devais être éveillé dans ma chambre de Kilderry ; puis une horloge éloignée sonna deux heures et je n'eus plus aucun doute. Le son lointain des pipeaux continuait à me parvenir, jouant des airs sauvages et mystérieux, évocateurs de danses de faunes sur le lointain Ménale. Énervé, incapable de dormir, je me levai d'un bond et me mis à arpenter la pièce. C'est par hasard que j'allai à la fenêtre du nord, d'où je voyais le village endormi et la plaine au bord de la tourbière. Je n'avais nulle envie de porter plus loin mes regards, car je désirais surtout retrouver le sommeil ; mais le son des pipeaux ne cessait de me tourmenter et il me fallait faire ou voir quelque chose. Comment aurais-je pu soupçonner ce dont j'allais être témoin ?

Dans l'immense plaine baignée par le clair de lune, je contemplai un spectacle que nul mortel, l'ayant vu, ne pourrait oublier. Au son des flûtes de roseau, dont l'écho me parvenait à travers la plaine, un groupe de silhouettes fantastiques tournoyait follement, perdu dans une danse effrénée. Je pensai aux habitants de la Sicile antique qui dansaient près du Cyané, sous la lune de juin en l'honneur de Déméter

La vaste plaine, le clair de lune argenté, les ombres dansantes et par-dessus tout le son aigu et monotone des pipeaux produisaient sur moi un effet presque paralysant. Malgré mon effroi, je remarquai cependant que la moitié de ces danseurs infatigables, mécaniques eût-on dit, étaient les ouvriers que j'avais crus endormis, tandis que l'autre moitié se composait d'étranges créatures aériennes vêtues de blanc, d'une nature indécise, mais qui devaient être de pâles et pensives naïades venues des sources hantées de la tourbière. Je ne sais combien de temps je demeurai à contempler ce spectacle du haut de ma fenêtre, dans la tourelle isolée, avant de sombrer dans un sommeil sans rêve, dont me tira le soleil matinal.

Ma première pensée, à mon réveil, fut de faire part de mes craintes et de mes observations à Denys Barry, mais à la vue des rayons du soleil qui traversaient la fenêtre de l'est, je fus convaincu de l'irréalité de ce que j'avais vu. Je suis parfois sujet à d'étranges visions, mais je n'ai jamais la faiblesse d'y croire ; en cette occasion, je me contentai de questionner les ouvriers qui, réveillés très tard, ne conservaient aucun souvenir de la nuit précédente, à part celui, très vague, de la musique. Cette histoire de pipeaux fantômes me tourmentait beaucoup et je me demandais si les grillons d'automne n'étaient pas venus en avance pour troubler la nuit et hanter les rêves des hommes. Un peu plus tard, en voyant Barry examiner ses plans dans la bibliothèque (les travaux devaient commencer le lendemain) j'éprouvai pour la première fois un soupçon de cette peur qui avait chassé les paysans. Pour une raison inconnue, je tremblais à l'idée de voir détruire l'antique tourbière et les secrets qu'elle recelait, et j'imaginais de terribles spectacles ensevelis dans ses profondeurs obscures et insondables.

Il me paraissait insensé de vouloir faire la lumière sur de tels secrets. Je fus pris d'un brusque désir de trouver un motif pour quitter le château et le village. J'allai jusqu'à entretenir Barry de ces questions sans en avoir l'air, mais il éclata de rire et je n'osai continuer. Aussi gardai-je le silence lorsque le soleil couchant inonda de sa lumière les collines lointaines, pendant que Kilderry se transformait en un brasier rouge et doré qui semblait de fâcheux présage.

Les événements de la nuit furent-ils réels ou imaginaires ? Je ne le saurai jamais avec certitude. Ils dépassent incontestablement tout ce qu'on peut imaginer sur terre ou dans l'univers. Mais comment expliquer normalement ces disparitions que personne n'ignore plus maintenant ? Je me retirai de bonne heure, vaguement alarmé, incapable pendant un long moment de trouver le sommeil, dans le mystérieux silence de la tour. Il faisait très sombre, car la lune était à son décours et ne devait pas se lever avant le petit matin. Étendu sur mont lit, je pensais à Denys Barry et au sort qui attendait la tourbière une fois le jour venu. J'eus tout à coup une envie folle de me sauver dans la nuit, de prendre la voiture de Barry et de m'enfuir à Ballyhough, loin des terres menacées. Mais je m'endormis avant de mettre mon projet à exécution et revis en rêve la ville de la vallée, froide et morte sous un linceul d'ombre hideuse.

Ce fut sans doute le son aigu des pipeaux qui m'éveilla mais je ne m'en rendis pas compte tout de suite. Quand j'ouvris les yeux, j'étais couché le dos à la fenêtre de l'est, celle qui donnait sur la tourbière ; c'est de ce côté que la lune devait se lever, je m'attendais donc à voir sa lumière se refléter sur le mur d'en face, mais je ne pouvais prévoir le spectacle qui m'attendait : il y avait bien de la lumière sur le mur, mais ce n'était pas celle de la lune. Venant de la fenêtre gothique, une aveuglante lumière rouge, merveilleuse et terrible à la fois, baignait la pièce. Mon premier mouvement fut étrange en l'occurrence, mais ce n'est que dans les romans qu'on accomplit les gestes dramatiques et attendus. Au lieu de chercher à découvrir la source de cette clarté surnaturelle, j'évitai, en proie à une terreur panique, de porter mes regards vers la fenêtre et je tirai maladroitement mes couvertures, dans le vague dessein de m'en servir pour me sauver. Je me rappelle aussi avoir saisi mon revolver et mon chapeau, mais avant la fin de l'aventure, je les avais perdus tous les deux, sans avoir tiré un seul coup de feu ni m'être coiffé. Au bout d'un instant, la fascination qu'exerçait sur moi cette lueur rouge prit le pas sur la peur et je me glissai jusqu'à la fenêtre de l'est pour voir ce qui se passait dehors. Le gémissement des pipeaux déchaînés remplissait le château et le village tout entiers.

Au-dessus de la tourbière, une lumière éblouissante, provenant de la ruine de l'îlot, coulait à flots, écarlate et sinistre. Quant à l'aspect de la ruine elle-même, comment le décrire ? Je devais être fou en cet instant : je la voyais se dresser, intacte et splendide, entourée de colonnes majestueuses ; l'entablement, où se reflétaient des flammes, semblait traverser le ciel comme celui d'un temple situé au sommet d'une montagne. Au son perçant des pipeaux vint soudain se joindre un roulement de tambour. Étreint par l'angoisse, je crus discerner des formes dansantes dont la silhouette grotesque se détachait sur le marbre lumineux. L'impression était inouïe, et je serais resté indéfiniment en contemplation, ayant peine à en croire mes yeux, si, à ma gauche, le son des pipeaux n'avait paru brusquement s'enfler. Tremblant d'une peur curieusement mêlée d'extase, je traversai la pièce circulaire pour aller à la fenêtre du nord, d'où l'on découvrait le village et la plaine.

Alors mes yeux se dilatèrent de surprise, comme s'ils ne venaient pas déjà de contempler un spectacle surnaturel : dans la plaine inondée d'une épouvantable lumière rouge, avançait un cortège de créatures comme on en voit dans les cauchemars.

D'une allure mi-glissante mi-flottante, les naïades vêtues de blanc retournaient lentement vers les eaux tranquilles et la ruine de l'îlot, groupées comme les danseuses des cérémonies antiques. Guidées par le son détestable d'invisibles pipeaux et obéissant à un rythme mystérieux, elles faisaient signe, de leurs bras onduleux et translucides, à la foule des ouvriers qui les suivaient comme des chiens, d'une démarche d'aveugles ou de fous, entraînés, semblait-il, par une force diabolique, maladroite mais irrésistible.

Au moment où les naïades, dans leur marche inexorable, approchaient de la tourbière, je vis sortir du château, par une porte située très audessous de ma fenêtre, une nouvelle file d'êtres zigzagants et titubants, tels des hommes ivres. Ils traversèrent à tâtons la cour et une partie du village et rejoignirent dans la plaine la colonne trébuchante. En dépit de la distance, je reconnus aussitôt les domestiques venus du Nord. C'est ainsi que je discernai la silhouette difforme du cuisinier, dont la laideur même devenait indiciblement tragique en cet instant. Et toujours l'horrible son des pipeaux, que suivait celui des tambours. Arrivées près de l'eau, les naïades y entrèrent une à une, gracieuses et muettes, et les autres, sans ralentir un instant, les y suivirent maladroitement et disparurent dans un jaillissement de bulles malsaines, à peine visibles dans cette lumière écarlate. Lorsque le gros cuisinier, le dernier de ces pathétiques traînards, se fut enfoncé lourdement dans l'étang funeste, les pipeaux et les tambours se turent, les rayons aveuglants qui venaient de la ruine s'éteignirent brusquement et le village maudit demeura vide et lamentable sous les pâles rayons de la lune nouvelle.

J'avais maintenant l'impression de me débattre dans un chaos indescriptible. Ne sachant si j'étais fou ou sain d'esprit, endormi ou éveillé, je ne fus sauvé que grâce à un engourdissement miséricordieux. Je crois m'être donné le ridicule d'adresser des prières à Artémis, Latone, Déméter, Perséphone et Pluton. Tous les souvenirs classiques de ma jeunesse me remontaient aux lèvres et l'horreur de la situation faisait renaître en moi des superstitions bien cachées. Je me rendais compte que j'avais été le témoin de la disparition totale d'un village et je savais que j'étais seul dans le château avec Denys Barry, dont l'audace était à l'origine de cette malédiction. En pensant à lui, de nouvelles terreurs m'assaillirent et je me laissai tomber à terre, non pas évanoui mais accablé. Puis je sentis le vent glacial qui entrait par la fenêtre de l'est, du côté où s'était levée la lune, et tout à coup, j'entendis au-dessus de moi des hurlements qui ne tardèrent pas à atteindre une intensité et un caractère tels que les mots manquent pour les décrire et que je suis près de m'évanouir en y pensant. Tout ce que je puis dire, c'est que l'être qui les poussait avait naguère été mon ami.

Le vent sans doute et les hurlements me firent revenir à moi en cet instant atroce. Je me souviens ensuite d'une course folle par des salles et des corridors noirs comme de l'encre et, la cour une fois traversée, d'une fuite éperdue dans la nuit. On me retrouva à l'aube, errant au voisinage de Ballyhough. Mon esprit était égaré, mais les horreurs que j'avais vues ou entendues d'abord n'étaient pas ce qui me tourmentait le plus. Quand lentement je revins à moi, je fis allusion à deux faits qui s'étaient produits au cours de ma fuite, deux faits sans signification et qui pourtant continuent à me hanter quand je suis seul près d'un marécage, ou la nuit au clair de lune.

Fuyant le château maudit, j'entendis, en longeant la tourbière, un bruit qui en soi n'avait rien d'extraordinaire et que pourtant je n'avais jamais entendu à Kilderry. Les eaux stagnantes, complètement privées, jusque-là, de toute vie animale, débordaient maintenant d'une horde d'énormes grenouilles visqueuses dont les cris aigus et incessants contrastaient étrangement avec leur taille. Brillantes, vertes et bouffies, elles semblaient contempler le clair de lune. Je suivis le regard de la plus grosse et de la plus hideuse d'entre elles et, pour la seconde fois, je fus témoin d'un spectacle qui me mit hors de moi.

Allant directement de l'étrange ruine de l'îlot jusqu'à la lune, s'étendait un faible rayon lumineux, sans aucun reflet. Dans ma fièvre, je crus voir monter lentement, sur ce blême chemin, une ombre mince et convulsée, une ombre vague et qui luttait, dans d'effroyables contorsions, contre d'invisibles démons qui semblaient l'entraîner. Cette ombre hideuse semblait à mon esprit égaré un portrait monstrueux, une inconcevable caricature du cauchemar, une effigie sacrilège de celui qui avait été Denys Barry.

Arthur Jermyn

I

La vie est une chose hideuse, et à l'arrière-plan, derrière ce que nous en savons, apparaissent les lueurs d'une vérité démoniaque qui nous la rendent mille fois plus hideuse. La science, dont les terribles révélations déjà nous accablent, sera peut-être l'exterminatrice définitive de l'espèce humaine — en admettant que les êtres appartiennent à des espèces différentes — et si elle se répandait sur la terre, nul cerveau n'aurait la force de supporter les horreurs insoupçonnées qu'elle tient en réserve. Si nous savions ce que nous sommes en réalité, nous agirions comme Sir Arthur Jermyn qui, un soir, après s'être arrosé de pétrole, mit le feu à ses vêtements. Nul ne s'avisa de déposer dans une urne ses restes carbonisés ni d'édifier un monument à sa mémoire ; les documents trouvés après sa mort, ainsi qu'un certain « objet » contenu dans une caisse, donnèrent à tout le monde le désir d'oublier. Parmi ceux qui le connaissaient, certains même déclarent qu'il n'a jamais vécu.

Arthur Jermyn s'enfuit dans la lande et se suicida après avoir vu cet « objet » venu d'Afrique. C'est cet « objet » et non l'aspect insolite de sa personne qui le poussa à mettre fin à ses jours. Nombreux sont ceux qui, s'ils avaient eu la physionomie étrange d'Arthur Jermyn, n'auraient pas aimé la vie ; mais lui, poète et savant, ne s'en était guère soucié. Il avait la science dans le sang : son arrière-grand-père, Sir Robert Jermyn, baronnet, avait été un anthropologue estimé et son trisaïeul, Sir Wade Jermyn, l'un des premiers explorateurs du Congo, avait laissé des travaux pleins d'érudition sur les tribus et la faune de ces régions et sur ce qu'il pensait de leur antiquité. Le zèle intellectuel du vieux Sir Wade avait vraiment confiné à la folie. L'étrangeté de ses conjectures sur une civilisation préhistorique blanche au Congo lui valut force moquerie lors de la publication de ses « Observations sur quelques régions de l'Afrique ». En 1765, l'intrépide explorateur fut enfermé chez les fous, à Huntingdon.

La folie était le triste apanage de tous les Jermyn, et l'on se réjouissait qu'ils ne fussent pas nombreux. La famille n'avait qu'une branche, dont Arthur était le dernier rejeton. Sinon, on ne sait comment il aurait réagi quand « l'objet » arriva. Les Jermyn n'avaient jamais eu l'air normal — ils étaient légèrement difformes — mais Arthur était le plus mal partagé. Pourtant on voyait à Jermyn House de vieux portraits de famille datant d'avant Sir Wade, qui montraient d'assez beaux visages. Sir Wade fut sans aucun doute le premier des Jermyn à subir les atteintes de la folie. Ses récits terrifiants sur l'Afrique faisaient à la fois la joie et l'horreur de ses amis. Les trophées et les spécimens de sa collection, d'autre part, n'étaient pas de ceux qu'un homme normal eût aimé rassembler et conserver. Mais surtout la réclusion quasiorientale dans laquelle il tenait sa femme était bien la marque d'un esprit dérangé. Celle-ci, disait-il, fille d'un négociant portugais, qu'il avait connu en Afrique, n'aimait pas les manières anglaises. Il l'avait ramenée de là-bas, avec leur fils nouveau-né, après son second voyage, le plus long. Lorsqu'il partit pour la troisième fois, elle l'accompagna et ne revint pas. Personne ne l'avait jamais vue, pas même les domestiques, car elle était d'un naturel violent et singulier. Pendant son bref séjour à Jermyn House, elle demeura dans une aile isolée de la maison, où seul son mari s'occupait d'elle. La sollicitude de Sir Wade envers sa famille était en vérité des plus curieuses : lorsqu'il retourna en Afrique, il ne permit à personne de prendre soin de l'enfant, sauf à une affreuse négresse originaire de Guinée. À son retour, après la mort de Lady Jermyn, il assuma lui-même entièrement l'éducation de l'enfant.

Or, la conversations de Sir Wade, surtout lorsqu'il avait bu, incitait fortement ses amis à le croire fou. Il parlait du Congo, où la lune éclaire des scènes étranges et des spectacles sauvages ; d'une ville abandonnée ceinte de remparts gigantesques et remplie de colonnes ; et d'un interminable escalier de pierre, humide et silencieux, descendant vers des salles voûtées pleines de trésors et d'extraordinaires catacombes. Au dix-huitième siècle, siècle des Lumières, de tels propos paraissaient insensés dans la bouche d'un homme instruit. Plus bizarres encore étaient ses divagations sur les êtres vivants qui hantaient cet endroit : créatures appartenant moitié à la jungle et moitié à la ville sans âge, créatures fabuleuses qu'un Pline lui-même aurait décrites avec scepticisme. Elles auraient surgi lorsque les grands singes eurent envahi la ville morte, détruisant ses remparts et ses colonnes, ses salles voûtées et ses sculptures primitives. Pourtant l'espèce de plaisir trouble avec lequel Sir Wade, une fois définitivement revenu en Angleterre, parlait de tout cela, donnait le frisson. Il s'étendait avec complaisance, surtout après son troisième verre à « La Tête du Chevalier », sur ce qu'il avait trouvé dans la jungle, sur la vie qu'il avait menée dans d'étranges ruines connues de lui seul. Finalement, il se mit à parler de ces fameuses créatures vivantes sur un tel ton qu'on dut l'interner. Une fois enfermé dans une cellule garnie de barreaux, à Huntingdon, il ne témoigna que peu de regrets. Son humeur avait singulièrement changé dans les derniers temps : depuis que son fils était sorti de la première enfance, il se plaisait de moins en moins chez lui, et semblait même craindre de s'y trouver. « La Tête du Chevalier » était devenue son quartier général et lorsqu'on l'enferma, il fit montre d'une espèce de reconnaissance, comme s'il se sentait protégé. Il mourut au bout de trois ans.

Philip, fils de Wade Jermyn, était un personnage extrêmement curieux. En dépit d'une forte ressemblance physique avec son père, son aspect et son comportement étaient, sur beaucoup de points, si grossiers, que tout le monde le fuyait. S'il n'avait pas hérité la folie de son père, comme on aurait pu le craindre, il était totalement stupide et sujet à de brefs accès de violence auxquels il ne pouvait résister. Il était petit, mais extrêmement fort, et d'une agilité incroyable. Douze ans après être devenu l'héritier du titre, il épousa la fille de son garde-chasse, qui, disait-on, était d'origine gitane. Mais avant même la naissance de son fils, il s'engagea dans la marine comme simple matelot, mettant ainsi le comble au dégoût qu'inspiraient au monde et ses mœurs et son mariage. On retrouva sa trace à la fin de la guerre de l'Indépendance américaine : matelot sur un navire qui faisait le commerce avec l'Afrique, il s'était acquis une réputation de grimpeur et de lutteur, mais il finit par disparaître, une nuit que son bateau était à l'ancre près des côtes congolaises.

Chez le fils de Sir Philip Jermyn, la bizarrerie de la famille, maintenant reconnue, prit un tour étrange et fatal. Grand, assez bien fait en dépit de certaines anomalies de proportion, doué d'une sorte de grâce orientale, Robert Jermyn débuta dans la vie comme savant et chercheur. C'est lui qui, le premier, étudia scientifiquement l'immense collection rapportée d'Afrique par son grand-père et qui rendit le nom des Jermyn aussi célèbre dans le domaine de l'ethnologie que dans celui de l'exploration. Marié en 1815 à une fille du troisième Vicomte Brightholme, Sir Robert eut trois enfants, dont jamais l'aîné ni le benjamin ne parurent en public, en raison de leur déficience physique et mentale. Attristé par tous ces malheurs familiaux, le savant chercha consolation dans le travail et fit deux longues expéditions dans le Centre africain. En 1848, son second fils, Nevil, personnage particulièrement antipathique qui semblait mêler la brutalité de Philip Jermyn à la morgue des Brightholme, s'enfuit avec une fille du commun, une danseuse. Il revint au bout d'un an, veuf et père d'un enfant, Alfred, et Sir Robert lui accorda son pardon. Alfred devait être le père d'Arthur Jermyn.

D'après ses amis, cette série de chagrins dérangea l'esprit de Sir Robert Jermyn. Pourtant, à l'origine du drame, il n'y eut sans doute qu'un simple détail de folklore africain. Le vieux savant avait recueilli une foule de légendes chez les Ongas, tribus voisines de l'endroit que son grand-père et lui-même avaient exploré : il espérait ainsi expliquer les étranges récits de Sir Wade sur une ville abandonnée peuplée de créatures hybrides. On découvrait dans les écrits de l'aïeul une certaine logique qui laissait entendre que son imagination déréglée avait été excitée par certains mythes indigènes. Le 19 octobre 1852 on vit arriver à Jermyn House l'explorateur Samuel Seaton, porteur de documents recueillis chez les Ongas. Il lui semblait que certaines légendes ayant trait à une ville grise peuplée de singes blancs soumis à l'autorité d'un dieu blanc, pourraient avoir quelque valeur aux yeux d'un ethnologue. Au cours de la conversation, il fournit probablement de nombreux détail supplémentaires dont nous ne connaîtrons jamais la nature, puisque la tragédie éclata immédiatement. Lorsque Sir Robert sortit de sa bibliothèque, il laissait derrière lui le cadavre de l'explorateur, qu'il avait étranglé de ses propres mains; puis, avant qu'on eût pu l'arrêter, il avait massacré ses trois enfants : les deux qu'on n'avait jamais vus et celui qui était rentré après sa fugue. Nevil Jermyn mourut mais réussit à sauver la vie de son fils âgé de deux ans, que le vieillard, dans sa folie meurtrière, s'apprêtait à tuer également. Après plusieurs tentatives de suicide, Sir Robert, qui refusait obstinément d'articuler une parole, fut interné et mourut d'apoplexie deux ans après.

Sir Alfred Jermyn n'avait pas encore quatre ans lorsqu'il devint baronnet, mais ses goûts ne répondaient guère à son titre. À vingt ans, il s'était joint à une troupe d'artistes de music-hall et, à trente-six, avait abandonné femme et enfant pour suivre un cirque ambulant américain. Sa mort fut atroce. Parmi les animaux du cirque se trouvait un énorme gorille, d'une couleur plus claire que la moyenne, d'un naturel remarquablement facile et que les artistes aimaient beaucoup. Il fascinait tout particulièrement Arthur Jermyn et parfois tous deux passaient des heures à se contempler de part et d'autre des barreaux de la cage. De temps à autre, Jermyn obtenait la permission de dresser l'animal, étonnant le public et ses camarades par les tours qu'il lui faisait faire. Un matin, à Chicago, pendant que Jermyn et l'animal répétaient un numéro de boxe extraordinairement adroit, le gorille porta au dompteur amateur un coup d'une force prodigieuse, le blessant à la fois dans son corps et dans sa dignité. Les membres du « Plus extraordinaire

Spectacle du Monde » n'aiment guère parler de ce qui arriva ensuite : ils ne s'attendaient pas au hurlement aigu et inhumain que poussa Sir Alfred Jermyn et la surprise les cloua au sol quand ils le virent saisir à deux mains son adversaire maladroit, le jeter sur le sol de la cage et mordre férocement la gorge velue. Le gorille fut pris au dépourvu, mais il se ressaisit rapidement et, avant que le dompteur habituel eût pu intervenir, ce qui avait été le corps d'un baronnet n'était déjà plus reconnaissable.

II

Arthur Jermyn était le fils de Sir Alfred Jermyn et d'une danseuse de music-hall dont nul ne connaissait l'origine. Lorsque Sir Alfred abandonna sa famille, la mère amena l'enfant à Jermyn House où il ne restait plus personne pour s'opposer à sa présence. Elle avait quelque idée de ce que devait être un gentilhomme et veilla à ce que son fils reçût la meilleure éducation possible, compte tenu du peu d'argent dont elle disposait. Les ressources familiales étaient maintenant bien modestes et Jermyn House était dans un état lamentable, mais le jeune Arthur aimait la vieille demeure et ce qu'elle contenait. Il ne ressemblait guère aux autres Jermyn : c'était un poète et un rêveur. Quelques familles des environs prétendaient que c'était le sang latin de l'épouse portugaise de Sir Wade, que nul n'avait jamais vue, qui devait se manifester en lui de la sorte ; mais en général, on tournait en dérision son sens de la beauté, l'attribuant à sa mère, la danseuse, qui n'avait jamais été reçue dans le monde. La délicatesse d'Arthur Jermyn était d'autant plus remarquable que son aspect était plus repoussant. La tournure des Jermyn avait toujours eu un je ne sais quoi de bizarre et de rebutant. Cela atteignit, chez Arthur, une intensité troublante. Il est difficile de dire exactement à quoi il ressemblait, mais son expression, la forme de son visage et la longueur de ses bras faisaient frissonner de dégoût ceux qui le voyaient pour la première fois.

L'esprit et le caractère de Sir Arthur étaient en contraste frappant avec son aspect physique. Intelligent et cultivé, il obtint à Oxford les plus hautes distinctions et semblait capable de faire revivre la renommée intellectuelle de sa famille. Malgré un tempérament plus poétique que scientifique, il projetait de continuer l'œuvre de ses ancêtres dans le domaine de l'ethnologie et des antiquités africaines, en utilisant l'admirable collection de Sir Wade. Son esprit imaginatif le poussait à s'intéresser à la civilisation préhistorique à laquelle l'explorateur fou avait cru si profondément. Il forgeait des récits sans fin ayant trait à la ville morte citée dans les notes et les ouvrages de Sir Wade. Il éprouvait, vis-à-vis de la race inconnue des hybrides de la jungle, un attrait mêlé de terreur. Il pensait que ces élucubrations avaient peut-être une base réelle et désirait faire la lumière sur les faits récents qu'avaient connus son grand-père et Samuel Seaton.

En 1911, après la mort de sa mère, Arthur

Jermyn décida de poursuivre ses recherches jusqu'à la dernière limite. Il vendit une partie de ses domaines pour avoir de l'argent, monta une expédition et s'embarqua pour le Congo. Ayant obtenu des autorités belges un groupe de guides, il passa un an dans le pays des Ongas et des Kaliris, découvrant plus d'éléments d'informations qu'il n'en espérait. Chez les Kaliris, il rencontra un chef d'un certain âge, appelé Mwanu, qui non seulement possédait une excellente mémoire, mais encore une grande intelligence et un intérêt marqué pour les vieilles légendes de sa tribu. Le vieillard confirma tous les récits qu'avait entendus Jermyn, ajoutant sa propre version à l'histoire de la cité perdue et des grands singes blancs.

Selon Mwanu, la ville grise et les créatures hybrides n'existaient plus, les N'bangus les ayant anéanties de nombreuses années auparavant. Après avoir détruit la plupart des édifices et massacré tous les êtres vivants, ils avaient emporté la momie de la déesse, pour laquelle ils étaient venus. Cette déesse, qu'adoraient les étranges hybrides, avait la forme d'un singe blanc ; d'après la tradition congolaise, c'était l'image d'une princesse qui avait régné sur ces créatures à l'aspect simiesque. Ce que celles-ci avaient pu être, Mwanu n'en avait aucune idée, mais il croyait que c'était elles qui avaient construit la ville aujourd'hui détruite. Jermyn ne put se former aucune opinion, mais par des questions précises, réussit à reconstituer la légende de la déesse.

La princesse, disait cette légende, devint la femme d'un dieu blanc venu de l'ouest. Après avoir régné longtemps ensemble, ils quittèrent la ville après la naissance de leur fils et n'y revinrent que plusieurs années après. Puis la princesse mourut et son divin époux fit embaumer son corps qui fut placé dans un temple de pierre, où on le vénérait. Et ensuite il s'en retourna. À partir de ce point, la légende semblait présenter trois variantes. D'après la première, il ne se passait plus rien, mais le corps embaumé de la déesse devenait un gage de supériorité pour la tribu, quelle qu'elle soit, qui la posséderait, et c'est pourquoi les N'bangus s'en étaient emparés. La seconde décrivait le retour du dieu et sa mort au pied du tombeau de son épouse. La troisième avait trait au retour de leur fils, parvenu à l'âge d'homme (ou de singe, ou de dieu, suivant le cas), mais ignorant son identité. Il était évident que l'imagination des Noirs avait tiré parti au maximum des événements qui pouvaient avoir servi de base à cette extravagante légende.

Arthur Jermyn, persuadé de l'existence de la ville décrite par Sir Wade, ne fut guère étonné lorsque, au début de 1912, il se trouva devant ce qui en restait. Elle avait dû être moins grande qu'on ne le prétendait ; pourtant les pierres éparses prouvaient qu'elle n'avait pas été un simple village nègre. Malheureusement, on ne put découvrir aucune sculpture et les membres de l'expédition n'étaient pas assez nombreux pour dégager le seul passage qui semblait mener aux salles voûtées décrites par Sir Wade. On questionna tous les chefs indigènes sur les singes blancs et la déesse, mais c'est à un Européen qu'il appartint de compléter les éléments d'information fournis par le vieux Mwanu. M. Verhaeren, agent commercial belge au Congo, déclara qu'il pouvait non seulement savoir où se trouvait la déesse, dont il avait vaguement entendu parler, mais encore se la procurer — les N'bangus, jadis si puissants, étant maintenant soumis au gouvernement du Roi Albert, se laisseraient facilement amener à se séparer du fétiche. Quand Jermyn s'embarqua pour l'Angleterre, ce fut donc avec l'espoir triomphant de recevoir dans quelques mois une inestimable relique archéologique, capable de confirmer les plus étranges récits de son trisaïeul ; ou plutôt les plus étranges récit qu'il eût lui-même entendus. Les paysans, voisins de Jermyn House, en connaissaient sans doute de plus étranges encore : leurs ancêtres avaient écouté parler Sir Wade à « La Tête du Chevalier ».

Arthur Jermyn attendit patiemment la caisse promise par M. Verhaeren, tout en étudiant avec un zèle accru les manuscrits laissés par le fou, son ancêtre. Peu à peu il se sentait très proche de Sir Wade et recherchait les traces de sa vie non seulement en Afrique mais aussi en Angleterre. On avait beaucoup parlé de sa mystérieuse épouse, toujours enfermée, mais il ne restait aucun souvenir tangible de son passage à Jermyn House. Arthur, se demandant comment un tel effacement lui avait été imposé, ou permis, pensait que la folie de son mari en était la cause principale. Il savait que sa trisaïeule, à ce qu'on disait, était la fille d'un marchand portugais installé en Afrique : ayant, par atavisme, l'esprit positif et ne connaissant que superficiellement le Continent Noir, elle avait dû tourner en dérision les récits de son mari, chose que celui-ci n'était pas homme à pardonner. Emmenée en Afrique, peut-être malgré elle, par un mari décidé à prouver la véracité de ses dires, elle y était morte. Tout en se livrant à de telles réflexions, Jermyn ne pouvait s'empêcher de sourire de leur futilité, un siècle et demi après la mort de ses curieux ancêtres.

En juin 1913, il reçut une lettre de M. Verhaeren, qui racontait la découverte de la déesse embaumée. C'était, affirmait le Belge, un objet des plus extraordinaires, un objet qu'il était impossible à un profane de classer. Seul un savant serait capable de décider s'il s'agissait d'un être humain ou d'un singe, et cette décision serait malaisée en raison du mauvais état de « l'objet ». Le temps et le climat du Congo ne sont pas favorables aux momies, en particulier quand le travail a été fait par un amateur, comme cela paraissait le cas. Autour du cou de la créature, on avait trouvé une chaîne d'or avec un médaillon armorié, seul vestige, sans doute, d'un malheureux voyageur pris par les N'bangus, et placé là comme amulette. Dans ses commentaires, M. Verhaeren faisait malicieusement allusion à une ressemblance, ou plutôt il se demandait, avec un étonnement amusé, quel effet les traits de la momie produiraient sur son correspondant. Mais il prenait trop intérêt à l'aspect scientifique du problème pour se perdre en considérations oiseuses. La déesse, écrivait-il, arriverait, dûment emballée, un mois environ après réception de la lettre.

La caisse, arrivée à Jermyn House le 3 août

1913, dans l'après-midi, fut portée immédiatement dans la vaste pièce qui abritait les spécimens africains, disposés par les Sirs Robert et Arthur. La suite des événements nous est connue par les papiers et les objets qu'on examina plus tard, mais surtout par les récits des domestiques, dont le plus cohérent et le plus complet est celui de Soames, le vieux majordome. Suivant ce digne serviteur, Sir Arthur, d'abord, fit sortit tout le monde de la pièce ; puis des bruits de marteau et de tenailles ne tardèrent pas à prouver qu'il s'était mis en devoir d'ouvrir la caisse. Ensuite, on n'entendit plus rien pendant un certain temps. Combien de temps exactement, Soames n'aurait su le dire, mais un quart d'heure ne s'était pas écoulé qu'un hurlement affreux se faisait entendre, poussé, sans aucun doute possible, par Jermyn. Aussitôt après, on le vit sortir en courant de la pièce et se précipiter vers le devant de la maison, comme s'il eût été poursuivi par un ennemi féroce. L'expression de son visage, déjà assez effrayante en temps normal, défiait toute description. En approchant de la porte d'entrée, il sembla frappé d'une idée, retourna brusquement sur ses pas et finit par s'élancer dans l'escalier de la cave. Les domestiques, qui s'étaient massés en haut des marches, ne virent point revenir leur maître. D'en bas venait seulement une odeur de pétrole. Lorsqu'il fit nuit, on entendit gratter à la porte qui menait dans la cour, et un garçon d'écurie aperçut Arthur Jermyn. Le pétrole dont ses vêtements étaient imprégnés répandait une odeur nauséabonde. Il sortit furtivement et disparut dans la lande obscure qui entourait la maison. Puis, dans un paroxysme d'horreur, ce fut la fin : une étincelle jaillit, puis une flamme, et bientôt une colonne de feu, qui avait été un homme, s'éleva jusqu'au ciel. La famille des Jermyn n'existait plus.

Pourquoi ne recueillit-on point les restes carbonisés d'Arthur Jermyn ? À cause de ce qu'on trouva dans la caisse : la momie de la déesse, hideuse, desséchée et rongée, était visiblement celle d'un singe blanc, d'une espèce ignorée, moins velue que les autres, et beaucoup plus proche de l'être humain. En fait, cet air humain était presque choquant. Une description détaillée serait assez déplaisante, mais deux détails cependant sont à citer, car ils concordent de manière frappante avec certaines notes prises par Sir Wade au cours de ses expéditions et avec certaines légendes congolaises. D'abord, les armoiries gravées sur le médaillon étaient celles des Jermyn ; ensuite la remarque malicieuse de M. Verhaeren quant à une certaine ressemblance s'appliquait horriblement, abominablement, au visage sensible d'Arthur Jermyn, descendant de Sir Wade Jermyn et de son épouse inconnue. Les membres de l'Institut Royal d'Anthropologie brûlèrent la momie et jetèrent ses cendres dans un puits. Quelques-uns d'entre eux refusent d'admettre qu'Arthur Jermyn ait jamais existé.

Le modèle de Pickman

Ne croyez pas que je sois fou, Eliot. Nombre de gens ont des préjugés encore plus bizarres. Pourquoi ne pas vous moquer du grand-père d'Oliver, qui refuse de monter en auto ? Si je n'aime pas ce satané métro, ça me regarde ; et d'ailleurs, nous sommes arrivés plus vite en taxi. Autrement, il nous aurait fallu remonter la colline à pied depuis Park Street.

Je sais bien que je suis plus irritable que lorsque nous nous sommes vus l'an dernier, mais il est inutile de discourir là-dessus. Il y a de nombreuses raisons à cela, Dieu le sait, et j'ai l'impression que j'ai bien de la chance de n'être pas fou. Pourquoi voulez-vous m'appliquer le troisième degré ? Vous n'aviez pas besoin de poser tant de questions.

Bon ! eh ! bien, si vous voulez savoir, après tout, pourquoi pas ? Peut-être est-ce nécessaire d'ailleurs, puisque vous n'avez cessé de m'écrire comme un père chagriné, depuis que je me suis mis à ne plus fréquenter l'Art Club et à éviter Pickman. Maintenant qu'il a disparu, il m'arrive de retourner au club, mais je n'ai plus les nerfs aussi solides.

Non, je ne sais pas ce qu'est devenu Pickman et je n'ai nulle envie d'y songer. Vous avez peut-être cru que j'avais des renseignements particuliers quand j'ai cessé de le voir — et que c'est pour cela que je ne veux pas penser à l'endroit où il est allé. Que la police trouve ce qu'elle pourra, et ce ne sera pas grand'chose, si l'on en juge par le fait qu'elle ignore tout de la vieille maison de North End qu'il avait louée sous le nom de Peters. Je ne suis d'ailleurs pas sûr de pouvoir la retrouver et je ne sais pas si j'essaierais, même en plein jour. Oh ! oui, je sais bien, ou plutôt j'ai peur de savoir, pourquoi il l'a gardée ; nous allons y venir. Je crois qu'avant que j'aie terminé, vous aurez compris pourquoi je n'en parle pas à la police : elle me demanderait de l'y conduire. Mais je ne pourrais pas y retourner, même si je connaissais le chemin. Il y avait là quelque chose... Maintenant je ne peux plus prendre le métro, ni même (moquez-vous de moi si vous voulez) descendre dans une cave.

Vous ne vous figurez tout de même pas, j'imagine, que j'ai rompu avec Pickman pour les mêmes raisons stupides que le docteur Reid, ou Joe Minot, ou Rossworth ? Ils sont craintifs comme des vieilles filles. L'art morbide ne me choque pas ; et lorsqu'un homme a le génie de Pickman, je trouve que c'est un honneur de le connaître, quelle que soit la tendance de son art. Boston n'a jamais eu de plus grand peintre que Richard Upton Pickman. Je l'ai dit tout de suite, je le dis encore, et je ne suis jamais revenu sur mon jugement, même lorsqu'il eut exposé son « Repas du Vampire ». Vous vous rappelez que c'est à cette occasion que Minot a rompu avec lui.

Voyez-vous, il faut beaucoup d'art et beaucoup de compréhension de la nature pour faire des trucs comme ceux de Pickman. Le premier barbouilleur de magazine venu peut flanquer de la peinture au hasard, comme un sauvage, et appeler ça « Cauchemar » ou « Sabbat de sorcières » ou « Portrait du Diable », mais seul un grand peintre peut faire quelque chose d'effrayant et qui ait l'air vrai. C'est que seul un véritable artiste connaît vraiment l'anatomie du terrible ou la physiologie de la peur — le genre précis de proportions et de traits en rapport avec des instincts latents ou des souvenirs de terreur venus du fond des âges, ou encore les contrastes de couleur et de lumière indispensables pour ranimer le sens de l'étrange quand il est endormi. Je n'ai pas besoin de vous dire pourquoi un Fuselli vous donne vraiment le frisson, alors que les illustrations d'une méchante histoire de fantômes vous font simplement rire. Un homme comme ça est capable de saisir quelque chose au-delà de la vie et de nous le faire sentir, l'espace d'une seconde. Doré avait ce don-là ; Sime l'a ; Angarola de Chicago l'a ; et Pickman l'a eu comme nul avant lui ne l'a jamais eu et comme (le ciel m'entende) nul ne l'aura jamais plus.

Ne me demandez pas ce qu'ils voient. Vous savez, dans l'art en général, il y a toute la différence possible entre les choses vivantes, faites d'après nature ou d'après un modèle, et la camelote qu'un fretin de marchands bâcle dans un atelier vide. Eh ! bien, je dirais qu'un vrai peintre maudit possède une sorte de vision qui transforme ses modèles, ou qui fait surgir, du monde spectral dans lequel il vit, quelque chose d'équivalent à un décor véritable. En tout cas il réussit à produire des résultats qui diffèrent des rêves à bon marché du simulateur comme les œuvres du peintre d'après nature diffèrent des élucubrations de celui qui a appris le dessin par correspondance. Si jamais j'avais vu ce qu'a vu Pickman — mais non ! Tenez, buvons avant d'approfondir. Seigneur ! je ne serais plus en vie si j'avais vu ce qu'a vu cet homme — si c'était un homme !

Vous vous rappelez que Pickman excellait à peindre les visages. Je crois bien que, depuis Goya, personne n'a si bien réussi à faire entrer l'enfer dans l'ensemble des traits ou l'expression d'un visage. Et, avant Goya, il faut remonter aux sculpteurs du Moyen Âge qui ont fait les gargouilles de Notre-Dame et du Mont-Saint-Michel. Ils croyaient à toutes sortes de choses — et peut-être les voyaient-ils aussi, car le Moyen Âge a connu d'étranges moments. Je me rappelle qu'un jour, l'année qui a précédé votre départ, vous avez demandé à Pickman où diable il avait pris de pareilles idées et de pareilles visions. Il vous a répondu par un rire désagréable, n'est-ce pas ? C'est un peu à cause de ce rire que Reid a rompu. Reid, vous comprenez, venait de se lancer dans la pathologie comparée. Il était plein de suffisance, il avait ses idées sur la signification biologique et évolutionniste de tel ou tel symptôme physique ou mental. Il disait que Pickman le dégoûtait de plus en plus chaque jour et finissait même par l'effrayer, que ses traits et son expression évoluaient peu à peu d'une manière qui ne lui plaisait guère, d'une manière qui n'avait rien d'humain. Il parlait de traitement et déclarait que Pickman devait être anormal et excentrique au dernier degré. Je suppose que vous avez dit à Reid — si vous avez parlé de cela dans vos lettres — que les tableaux de Pickman avaient agi sur ses nerfs et son imagination. Je me rappelle le lui avoir dit moi-même à ce moment-là.

Mais la raison de ma rupture avec Pickman n'est pas là, ne l'oubliez pas. Au contraire, mon admiration pour lui ne fit que croître, car ce « Repas du Vampire » était une réussite prodigieuse. Comme vous savez, le club ne voulait pas l'exposer et le Musée des Beaux-Arts refusait d'accepter ce don ; et je puis ajouter que personne ne voulait l'acheter, aussi Pickman le garda-t-il chez lui jusqu'à son départ. Maintenant, il est dans la maison de son père, à Salem — vous savez que Pickman appartient à une vieille famille de Salem, et que parmi ses ancêtres il y a eu une sorcière, pendue en 1692.

Je pris l'habitude de rendre souvent visite à Pickman, surtout lorsque j'eus commencé à prendre des notes en vue d'une monographie consacrée à l'art morbide. C'est sans doute son œuvre qui m'en donna l'idée ; en tout cas je trouvai auprès de lui une foule de documents et de suggestions quand j'entrepris de développer mon étude. Il me montra tous les tableaux qu'il avait chez lui, y compris quelques esquisses à la plume qui, j'en suis sûr, l'auraient fait chasser du club si certains de ses membres les avaient vues. Je ne tardai pas à devenir l'un de ses fervents admirateurs et je passai des heures à l'écouter, comme un écolier, émettre des théories artistiques et des spéculations philosophiques assez folles pour le mener à l'asile de Danvers Mon admiration, jointe au fait qu'un nombre croissant de gens lui tournaient le dos, l'incita à se confier beaucoup à moi. Un soir, il insinua que si je savais tenir ma langue et si je n'étais pas trop timoré, il me montrerait quelque chose d'assez inhabituel, quelque chose d'un peu plus fort que tout ce qu'il avait chez lui.

— Vous comprenez, me dit-il, il y a des choses qui ne conviennent pas à Newbury Street, qui y sont déplacées, qui ne peuvent même pas y être conçues, d'ailleurs. C'est mon métier de saisir les harmoniques de l'âme, et vous ne les trouverez pas dans ce quartier de parvenus, dans ces rues construites sur de la terre artificielle. Black Bay n'est pas Boston, ce n'est rien du tout encore ; cet endroit n'a pas eu le temps de rassembler des souvenirs ou d'attirer les esprits... Si jamais il y a des fantômes ici, ce sont les fantômes domestiqués d'un marécage salé et d'une petite baie : mais moi, ce que je veux, ce sont des fantômes humains, des fantômes d'êtres suffisamment organisés pour s'être penchés sur l'enfer et avoir compris le sens de ce qu'ils ont vu.

« Le seul endroit habitable pour un artiste, c'est North End. Un esthète qui serait sincère s'accommoderait des taudis pour l'amour des traditions populaires. Par Dieu, mon cher, est-ce que vous ne voyez pas que ces endroits-là n'ont pas été simplement *faits*, qu'en réalité ils ont *poussé* ? Des générations y ont vécu l'une après l'autre et y sont mortes ; et cela à une époque où les gens ne craignent pas de vivre, de s'émouvoir et de mourir. Savez-vous qu'il y avait un moulin à Copp's Hill en 1632 et que la moitié des rues actuelles furent percées en 1650 ? Je puis vous montrer des maisons qui se dressent là depuis deux siècles et demi, et ce qu'elles ont vu ferait tomber en poussière une maison moderne. Qu'est-ce que nos contemporains savent de la vie et des forces qu'elle recèle ? Vous dites que l'aventure des sorcières de Salem fut une chimère, mais je gage que ma trisaïeule aurait pu vous raconter pas mal de choses. On l'a pendue à Gallows Hill sous le regard hypocrite de Cotton Mather. Mather, le diable l'emporte, craignait que quelqu'un ne réussît à se libérer de cette époque maudite et monotone. Je voudrais qu'on lui eût jeté un sort ou qu'on vienne lui sucer le sang la nuit !

« Je peux vous montrer une maison qu'il a habitée et une autre où il craignait d'entrer en dépit de l'audace qu'il affectait en paroles. Il savait des choses qu'il n'a pas osé mettre dans son stupide "Magnalia" ou dans ses "Merveilles du monde invisible", œuvre puérile s'il en fut. Dites-moi, savez-vous que l'ensemble de North End comprenait tout un réseau de souterrains faisant communiquer certains maisons les unes avec les autres et avec le cimetière et la mer ? On pouvait bien poursuivre les gens et les persécuter. Il se passait chaque jour des choses hors de la portée des juges et, la nuit, on entendait des rires impossibles à situer.

« Voyons mon cher, sur dix maisons bâties avant 1700 et encore intactes, sans qu'on ait rien enlevé, je parie que dans huit je peux vous montrer dans la cave quelque chose de bizarre. Il ne se passe guère de mois qu'on n'apprenne par les journaux que des ouvriers ont trouvé des portes murées, des puits sans issue dans telle ou telle maison en cours de démolition. L'an dernier, en passant dans le métro aérien, on en voyait une près de Hencham Street. Il y avait là des sorcières et ce que leurs formules suscitaient, des pirates avec leur butin des contrebandiers et des corsaires ; et je vous le dis, les gens savaient vivre et reculer les limites de la vie, autrefois ! Ce monde-ci n'était pas le seul qui s'offrait à un homme audacieux et avisé. Pouah ! quand on voit ce qui se passe aujourd'hui, avec des cerveaux assez pâles pour qu'un club de soi-disant artistes tombe en transe si un tableau va au-delà de ce que peut supporter une femmelette de Bacon Street !

« La seule chose qui rachète notre époque est qu'elle est fichtrement trop stupide pour fouiller de près dans le passé. Qu'est-ce que les archives, les plans et les guides vous disent de North End ? Bah ! À première vue, je vous garantis que je puis vous mener dans une quarantaine de petites rues et autant de lacis de petites ruelles dont moins de dix personnes vivantes connaissent l'existence, à part les étrangers qui y grouillent. Et qu'est-ce que ces métèques en savent ? Non, Thurber, toutes ces vieilles demeures font des rêves somptueux, elles regorgent de merveilles, d'horreurs et de miracles hors du commun. Pourtant il n'y a pas une âme vivante pour les comprendre ou en tirer profit. Ou plutôt, si, il y en a une, une seule — car moi, je n'ai pas été fouiller le passé pour rien.

« Ces sortes de choses vous intéressent, n'est-ce pas ? Et si je vous disais que j'ai là-haut un autre atelier, où je puis saisir l'esprit nocturne de cette horreur antique et peindre des choses auxquelles je ne pourrais même pas penser à Newbury Street ? Bien entendu, je n'en ai jamais parlé à ces vieux fous du club. Reid, maudit soit-il, va déjà chuchoter partout que je suis une espèce de monstre, que je retourne à toute allure à l'état animal. Oui, Thurber, il y a longtemps que je pense qu'il faut peindre la terreur d'après nature, comme la beauté. C'est pourquoi je me suis livré à quelques explorations dans des lieux où j'avais des raisons de croire qu'elle demeurait, la terreur.

« Ma maison, je ne crois pas que trois hommes d'ici l'aient vue. Ce n'est pas tellement loin du métro, en fait, mais c'est à des siècles de distance par l'esprit. Je l'ai choisie à cause de sa cave où l'on voit un curieux puits de brique — comme ceux dont je vous parlais tout à l'heure. Elle est à demi en ruine, ce qui fait que personne d'autre ne voudrait y habiter, et je détesterais vous avouer le prix ridicule que je paie. Les fenêtres sont obstruées mais elles ne m'en plaisent que davantage, puisque je n'ai pas besoin de lumière du jour pour ce que je fais. Je peins dans la cave quand l'inspiration est très forte, mais j'ai d'autres pièces meublées au rez-de-chaussée. Le propriétaire est un Sicilien et je la lui loue sous le nom de Peters.

« Voyons, si vous vous sentez de force, je vais vous y emmener ce soir. Je crois que les tableaux vous plairont, car, comme je vous l'ai dit je me suis laissé aller. Ce n'est pas une grande expédition : j'y vais parfois à pied car je ne veux pas attirer l'attention en arrivant en taxi dans un pareil endroit. Nous pouvons prendre le métro aérien à South Station, descendre à Battery Street, et de là nous n'en aurons pas pour longtemps à pied. »

Eh ! bien, Eliot, après ce discours, tout ce que j'ai pu faire, ç'a été de m'empêcher de courir pour attraper le premier taxi que nous avons pu trouver. À South Station, nous l'avons quitté pour prendre le métro, et vers minuit, nous descendions l'escalier de Battery Street et nous débouchions sur les vieux quais au-delà de Constitution Wharf. Je ne me rappelle plus les rues qui se croisaient, je ne puis vous dire laquelle nous avons prise, je sais seulement que ce n'était pas Greenough Lane.

Enfin, nous avons obliqué pour remonter une rue déserte, la plus sale et la plus vieille que j'aie vue de ma vie, où l'on devinait des pignons menaçant ruine, des fenêtres brisées à petits carreaux, et d'antiques cheminées à moitié démolies qui se découpaient sur le ciel éclairé par la lune. Je ne crois pas qu'il y eût là trois maisons ne datant pas de l'époque de Cotton Mather — je suis certain d'en avoir aperçu au moins deux avec un étage en saillie, et je crus voir un moment la silhouette d'un toit pointu, d'un type presque oublié. Pourtant, d'après les antiquaires, il n'en reste plus à Boston.

De cette petite rue, où il y avait tout de même un peu de lumière, nous avons tourné à gauche dans une rue encore plus étroite et tout aussi silencieuse, mais complètement obscure ; un moment, je crois, nous avons tourné vers la droite en décrivant un angle obtus.

Peu de temps après, Pickman tira une lampe de poche et éclaira une porte sans âge, à dix panneaux, affreusement vermoulue. Il l'ouvrit et me fit entrer dans un vestibule abandonné, orné de lambris de chêne sombre, jadis magnifique dans leur simplicité, et qui évoquaient l'époque d'Andros, de Phipps et de la sorcellerie. Puis il me fit passer par une porte à gauche, alluma une lampe à pétrole et me dit de me mettre à l'aise.

Je dois dire, Eliot, que je suis à peu près ce que l'homme de la rue appellerait « un dur », mais je vous avouerai que ce que je vis sur les murs de cette pièce me fit un drôle d'effet. C'étaient des toiles de lui, vous comprenez — celles qu'il ne pouvait ni peindre ni même montrer à Newbury Street — et il avait bien raison de dire qu'il s'était « laissé aller ». Allons ! encore un verre ! Moi, il m'en faut un, en tout cas !

Il est inutile que j'essaie de vous dire à quoi ressemblaient ces tableaux. L'impression d'horreur et de sacrilège, l'aversion, l'aversion affreuse et inconcevable et la répulsion morale qu'ils provoquaient venaient de simples touches que les mots sont incapables de préciser. Il n'y avait rien là de la technique exotique d'un Sidney Sime, rien des paysages trans-saturniens et des champignons lumonaires qu'utilise Clark Ashton Smith pour glacer le sang ; les fonds étaient surtout des vieux cimetières, des forêts profondes, des falaises près de la mer, des tunnels de brique, d'antiques salles lambrissées, ou de simples voûtes de maçonnerie. Le cimetière de Copp's Hill, qui n'était certainement pas très éloigné de la maison, était l'un des thèmes familiers.

La folie et la monstruosité résidaient dans les personnages situés au premier plan, car l'art morbide de Pickman était avant tout celui d'un portraitiste démoniaque. Ces personnages étaient rarement tout à fait humains, mais l'écart présentait différents degrés, souvent ils étaient proches de l'humanité. La plupart des corps, grossièrement bipèdes, étaient légèrement penchés en avant, et ils avaient une physionomie vaguement canine. La plupart semblaient faits d'une espèce de caoutchouc. Pouah ! Je les vois encore. Que faisaient-ils ? Ne me demandez pas d'être trop précis. En général ils mangeaient, je ne vous dirai pas quoi. Ils étaient parfois représentés en groupe dans un cimetière ou un souterrain, et souvent semblaient se disputer ce qu'ils avaient volé ou trouvé. Et quelle expression infernale Pickman donnait aux êtres qui se partageaient ces charognes ! Parfois on les voyait sauter la nuit par une fenêtre ouverte, ou encore accroupis sur la poitrine de dormeurs, les prenant à la gorge. L'une des toiles les montrait attroupés en cercle, hurlant devant le cadavre d'une sorcière qui se balançait à Gallows Hill, et dont le visage mort avait une forte ressemblance avec les leurs.

Mais n'allez pas vous figurer que c'est l'horreur du thème et du décor qui m'acheva. Je ne suis pas un gosse de trois ans, et déjà j'en avais vu d'autres. Non. C'étaient les visages, Eliot, ces visages maudits, qui semblaient se moquer du spectateur, comme s'ils eussent été vivants. Par Dieu, mon cher, je crois en vérité qu'ils l'étaient ! Les tableaux de cet immonde sorcier avaient réveillé les flammes de l'enfer et son pinceau, telle la baguette d'une fée Carabosse, avait suscité des créatures de cauchemar. Donnez-moi cette bouteille, Eliot !

L'une des toiles s'appelait « La Leçon » — Que le ciel me pardonne de l'avoir vue ! — Écoutez. Pouvez-vous imaginer ces innommables créatures, semblables à des chiens, assises en rond dans un cimetière et apprenant à un petit enfant à se nourrir comme elles ? Vous connaissez ce vieux mythe d'après lequel les fées laissent leur propres enfants dans les berceaux, à la place des nouveau-nés dont elle s'emparent. Pickman montrait là ce qui arrive à ces enfants volés — comment ils sont élevés — et c'est alors que je pris conscience peu à peu d'une hideuse ressemblance entre les personnages humains et les autres. Par degrés, dans la morbidité, Pickman établissait un lien ironique entre les créatures carrément animales et l'être humain dégradé, un lien d'évolution. Les créatures semblables à des chiens avaient une origine humaine !

Je n'avais pas plus tôt commencé à me demander ce qu'ils faisaient de leurs propres petits abandonnés chez les hommes, que j'aperçus un tableau qui répondait précisément à cette préoccupation. Il représentait un ancien intérieur puritain : assise dans une pièce aux poutres apparentes éclairée par des fenêtres à petits carreaux, une famille écoutait le père lire un passage des Écritures. Tous les visages, sauf un, exprimaient la noblesse et le respect; mais celui-là reflétait une moquerie infernale. C'était celui d'un homme jeune, apparemment fils de ce père profondément religieux, en réalité un enfant des créatures immondes, laissé en échange d'un nouveau-né; et, comble d'ironie, Pickman avait donné à ce visage une ressemblance très nette avec le sien.

À ce moment, Pickman avait allumé une lampe dans une pièce voisine et, courtois, me tenait la porte ouverte, me demandant si je voulais voir ses «Études modernes». Je n'avais guère pu lui exprimer mon avis jusque-là — j'étais muet de peur et de dégoût — mais je crois qu'il comprenait parfaitement et prenait cette attitude pour un compliment. Et maintenant, je veux encore vous assurer, Eliot, que je ne suis pas une poule mouillée qui pousse des cris devant ce qui sort de l'ordinaire. J'ai déjà un certain âge, je suis blasé sur beaucoup de points et il me semble que vous m'avez assez vu en France pour savoir que je ne suis pas facilement terrassé. Rappelez-vous aussi que je venais à peine de reprendre mon souffle et que je commençais tout juste à m'habituer à ces horribles tableaux qui transformaient la Nouvelle-Angleterre de l'époque coloniale en une sorte d'annexe de l'enfer. Eh! bien, la pièce suivante m'arracha de véritables cris et je dus m'accrocher à la porte pour ne pas m'effondrer. Dans la première pièce, ce que cette meute de vampires et de sorcières bouleversait, c'était le monde de vos ancêtres. Ici, l'horreur pénétrait au cœur de notre vie même.

Par Dieu, on peut dire que cet homme savait peindre ! Dans l'une de ces études, intitulée « Accident de métro », un troupeau de ces créatures ignobles, surgies de je ne sais quelle catacombe, avait pénétré par un trou dans la station de Boylston Street et attaquait la foule sur le quai. Une autre toile mettait en scène un bal à Copp's Hill au milieu des tombes, dans le décor actuel ; il y avait aussi un grand nombre de scènes situées dans des caves, où des monstres grimaçants se glissaient en rampant par des trous et des fissures de la maçonnerie et s'accroupissaient derrière des tonneaux ou des chaudières, attendant que leur première victime descendît l'escalier.

Dans un autre tableau, particulièrement répugnant, on voyait Beacon Hill en coupe. Là des armées de monstres méphitiques, grouillant comme des fourmis, se répandaient dans les trous du sol. On en voyait aussi danser dans les cimetières actuels. Mais voici ce qui me causa le plus grand choc : dans une salle voûtée, des quantités énormes de ces bêtes se pressaient autour de l'une d'elles qui tenait un guide connu de Boston qu'elle était visiblement en train de lire tout haut. Toutes dé signaient un certain passage, et tous les visages semblaient tellement convulsés d'un rire épileptique et sonore que je m'imaginais presque en entendre l'écho diabolique. Le tableau s'intitulait :

« Holmes, Lowell et Longfellow sont enterrés au Mont Auburn ».

Je me remis peu à peu et m'adaptai tant bien que mal à cette seconde pièce où régnaient le satanisme et la morbidité. Je voulus examiner les raisons de mon dégoût. D'abord, me disais-je, si ces tableaux sont repoussants, c'est à cause du manque total d'humanité et de la cruauté endurcie qu'ils révèlent chez Pickman. Il faut être un ennemi juré de tout le genre humain pour prendre tant de plaisir à la torture de la chair et de l'esprit, à la dégradation de l'homme. D'autre part, la grandeur de cet art était terrifiante. Le talent du peintre était convaincant. En voyant les tableaux, on voyait les démons eux-mêmes et on en avait peur. Et le curieux de l'histoire était que Pickman n'obtenait pas ses effets par des procédés. Il n'y avait rien de flou, de déformé ni de stylisé ; les contours étaient précis, vivants, les détails presque laborieusement rendus. Et les visages !

Il ne s'agissait pas là d'une simple vision d'artiste ; c'était l'enfer lui-même, vu par un œil rigoureusement objectif. C'était cela, par le ciel ! Pickman n'était ni un fantaisiste, ni un romantique. Il n'essayait même pas de rendre l'aspect éphémère, bouillonnant et prismatique des rêves ; non : froidement, sardoniquement, il peignait un monde d'horreur stable, mécanique et organisé, qu'il voyait pleinement, brillamment, objectivement et sans défaillance. Dieu sait ce qu'a pu être ce monde et en quel lieu Pickman avait bien pu apercevoir ces formes impies qui y bondissaient, rampaient ou grouillaient ; mais quelle qu'eût été la source de son inspiration, une chose en tout cas était sûre : Pickman était, dans tous les sens du terme — par la conception et l'exécution — un réaliste ; un réaliste total, laborieux, presque scientifique.

Mon hôte me menait maintenant à la cave, dans ce qui constituait son véritable atelier, et je me raidis dans l'attente des nouvelles émotions que me promettaient les toiles inachevées. En arrivant au bas de l'escalier humide, il dirigea les rayons de sa lampe de poche vers un coin du vaste espace qui s'ouvrait à côté de nous, révélant la margelle d'un vaste puits creusé dans le sol de terre battue. En m'approchant, je constatai qu'il avait environ un mètre cinquante de diamètre, des murs de trente centimètres d'épaisseur et qu'il dépassait le niveau du sol de quinze centimètres. Tout cela, bien solide, était un travail du dix-septième siècle, ou je me trompais fort. C'était de cela, me dit Pickman, qu'il m'avait longuement parlé ; le puits était une des entrées de ce réseau de tunnels qui creusait la colline. Je remarquai en passant qu'il n'était pas muré et qu'un lourd disque de bois le recouvrait. Pensant à tout ce qu'on pouvait associer à ce puits si toutes les allusions de Pickman n'étaient pas simple rhétorique, je frissonnai légèrement ; à sa suite, je tournai, montai une marche, franchis une porte étroite et me trouvai dans une pièce d'assez belles dimensions, garnie d'un plancher et meublée comme un atelier. Une lampe à acétylène l'éclairait suffisamment.

Les tableaux inachevés reposaient sur des chevalets ou s'entassaient contre les murs. Aussi abominables que ceux du rez-de-chaussée, ils illustraient la méthode scrupuleuse de l'artiste. Certaines scènes étaient ébauchées avec un soin extrême et des traits au crayon révélaient la minutie de Pickman dans la recherche de la perspective et des proportions. C'était vraiment un grand peintre ; je continue à le proclamer, même sachant tout ce que je sais. Je remarquai, sur une table, un appareil photographique assez important. Pickman me dit qu'il s'en servait pour prendre des fonds et pouvoir peindre en atelier, au lieu de se déplacer avec tout son attirail pour reproduire telle ou telle vue de la ville. Il estimait qu'une photo était aussi bonne, pour un travail soutenu, qu'un décor ou un modèle réels, et il y avait régulièrement recours.

Il y avait quelque chose de troublant dans ces immondes esquisses et les monstruosités inachevées qui me lorgnaient de tous les coins de la pièce ; quand Pickman brusquement dévoila une immense toile, demeurée dans un coin obscur, je ne pus, pour un empire, m'empêcher de pousser un hurlement, le second de la soirée. Il fut renvoyé par l'écho répercuté sur les voûtes de cette cave antique et je dus lutter contre la réaction qui allait se traduire par un accès de rire inextinguible. Dieu miséricordieux ! Eliot, je ne sais ce qui était réel et ce qui n'était qu'imagination fébrile. Il ne me semble pas que la terre puisse contenir un pareil rêve.

C'était un blasphème colossal et sans nom, aux yeux rouges et fulgurants, qui tenait dans ses griffes osseuses une chose qui avait été un homme, et lui rongeait la tête comme un enfant ronge un sucre d'orge. Il avait l'air accroupi, et on avait l'impression qu'il allait, d'un instant à l'autre, lâcher sa proie et se mettre en quête d'un morceau plus savoureux. Mais, de par tous les diables, ce n'est pas tellement le thème du tableau qui le rendait si effroyable ; non, ce n'était pas cela, ni la face de chien avec ses oreilles pointues, ses yeux injectés de sang, son nez aplati et ses lèvres bavantes. Ce n'étaient pas non plus les griffes squameuses, ni le corps pétri de moisissure, ni les pieds à moitié fourchus, rien de tout cela, bien que n'importe lequel de ces détails eût été suffisant pour conduire à la folie un homme impressionnable.

C'était la technique, Eliot — cette technique maudite, impie, contre nature ! Aussi vrai que je vis, nulle part ailleurs je n'ai vu le souffle de la vie si intimement mêlé à la toile ! Le monstre était là, dévorant, et ses yeux lançaient des éclairs, et je savais que seule une interruption des lois de la nature permettait à un homme de peindre pareille chose sans un modèle — sans quelque coup d'œil sur le monde d'en bas que nul mortel, à moins d'être vendu au Malin, n'a jamais vu.

Un morceau de papier roulé était fixé au tableau par une punaise : une photo, sans doute, d'après laquelle Pickman s'apprêtait à peindre un fond aussi hideux que la créature de cauchemar qu'il devait rehausser. J'allais le prendre pour le regarder, quand tout à coup je vis Pickman sursauter comme s'il avait reçu un coup de feu. Depuis que mon hurlement avait éveillé dans la cave obscure des échos inhabituels, il écoutait avec une intensité particulière ; maintenant il semblait frappé d'une crainte qui, sans être comparable à la mienne, avait un caractère plus physique que spirituel. Il tira son revolver et me fit signe de me taire, puis il sortit de la pièce en fermant la porte derrière lui.

Je crois que je demeurai un instant comme paralysé. Prêtant l'oreille, il me sembla entendre quelque part une faible galopade, toute une série de cris aigus et de coups sourds dans une direction que je n'arrivais pas à localiser. Je frémis à l'idée qu'il devait s'agir d'énormes rats. Puis un bruit assourdi me parvint, qui me donna la chair de poule. C'était un claquement rapide et hésitant, que les mots sont impuissants à décrire. On aurait dit un morceau de bois très lourd retombant sur de la brique, ou de la pierre. Du bois sur de la pierre ? À quoi donc cela me faisait-il penser ?

Le bruit reprit de plus belle ; je perçus une vibration, comme si le bois était tombé de plus haut que la première fois, puis un grincement, suivi d'un cri inarticulé poussé par Pickman ; et enfin la décharge assourdissante de six balles de revolver, un dompteur aurait ainsi tiré en l'air pour effrayer ses lions. J'entendis encore un gémissement, un cri rauque, un bruit sourd, et de nouveau le bruit du bois retombant sur la brique. Enfin la porte s'ouvrit et j'avoue qu'à ce moment, je tressaillis violemment. Pickman reparut, son arme fumante à la main, maudissant les rats énormes qui infestaient le vieux puits.

— Le diable sait ce qu'ils mangent, Thurber, dit-il avec une grimace, car ces souterrains touchent au cimetière, aux antres des sorcières et à la mer. Mais quelle que soit leur nourriture, ils ont dû se trouver à court, car ils étaient terriblement désireux de sortir. Votre cri les a agités, je crois. Il vaut mieux prendre des précautions dans ces vieilles demeures. Nos amis les rongeurs en sont le seul inconvénient et pourtant il m'arrive de penser qu'ils en sont au contraire le seul élément positif, pour ce qui est de l'atmosphère et de la couleur locale.

Eh ! bien, Eliot, c'est ainsi que se termina cette aventure nocturne. Pickman m'avait promis de me montrer son refuge et il avait tenu parole, Dieu seul sait pourquoi. Il me fit sortir de cet enchevêtrement de petites ruelles, par un autre chemin, semble-t-il, car lorsque nous aperçûmes un réverbère, nous nous trouvions dans une rue presque familière, avec ses rangées monotones d'immeubles de location et de vieilles maisons. C'était Charter Street, mais sur le moment, j'étais trop ému pour m'en rendre compte. Il était trop tard pour reprendre le métro, nous revînmes à pied par Hanover Street. Je me rappelle bien ce retour. Nous tournâmes de Tremont Street dans Beacon Street et Pickman me laissa au coin de Joy Street, d'où je rentrai chez moi. Ce fut la dernière fois que je lui parlai.

Pourquoi j'ai rompu avec lui ? Un peu de patience ; attendez que j'aie sonné pour le café. Nous avons pas mal bu déjà, mais moi en tout cas j'ai besoin de me soutenir. Non, ce n'est pas à cause des tableaux que j'ai vus là-bas ; et pourtant je vous jure qu'ils suffisaient à l'empêcher d'être reçu dans les neuf dixièmes des maisons et des clubs de Boston, et je suppose que vous ne vous étonnerez plus de me voir fuir le métro et les caves. C'est à cause... de quelque chose que je trouvai dans ma poche le lendemain matin. Vous savez, ce rouleau de papier épinglé au tableau monstrueux de la cave, ce que je croyais être la photo d'un décor quelconque que Pickman voulait utiliser comme fond de tableau pour le monstre. Mon dernier motif de terreur était survenu au moment où j'allais le dérouler, et sans doute l'avais-je inconsciemment froissé et glissé dans ma poche. Mais voici le café ; prenez-le noir, Eliot, si vous m'en croyez.

Oui, c'est à cause de ce bout de papier que j'ai rompu avec Pickman. Richard Upton Pickman, le plus grand artiste que j'aie jamais connu, et l'être le plus vil qui ait jamais franchi les limites de la vie pour plonger dans les abîmes de la folie et du mythe. Eliot, le vieux Reid avait raison : Pickman n'était pas vraiment humain. Ou bien il était né dans un étrange royaume d'ombres, ou bien il avait trouvé moyen de franchir la porte interdite. Cela revient au même maintenant, puisqu'il est parti — retourné dans l'obscurité fabuleuse qu'il aimait hanter. Là, laissons s'éteindre le lustre.

Ne me demandez pas de vous expliquer ou même d'émettre une théorie sur ce papier que j'ai brûlé. Ne me demandez pas non plus ce que cachait en réalité ce grouillement de taupes que Pickman semblait si désireux d'attribuer aux rats. Il y a des secrets, voyez-vous, qui nous viennent peut-être de l'époque des sorcières de

Salem, et Cotton Mather fait allusion à des choses plus étranges encore. Vous savez à quel point les tableaux de Pickman paraissaient ressemblants : tout le monde se demandait où il allait chercher de pareils visages.

Eh ! bien, le rouleau de papier n'était pas la photo d'un paysage, finalement. Il représentait le monstre que Pickman était en train de peindre sur cette toile affreuse. C'était le modèle dont il se servait — et le fond était tout simplement le mur de la cave-atelier. Mais par Dieu, Eliot, cette photo avait été faite *d'après nature* !

La cité sans nom

Dès que j'approchai de la cité sans nom, je compris qu'elle était maudite. Traversant au clair de lune une affreuse vallée desséchée, je la voyais de loin, dressée au milieu des sables, comme un cadavre émergeant d'une fosse mal faite. La peur suintait des pierres, usées par le temps, de cette vénérable survivante du déluge, cette aïeule de la Grande Pyramide ; une aura invisible me repoussait et m'engageait à fuit les antiques et sinistres secrets que nul ne devrait connaître, que nul devant moi n'avait osé pénétrer.

Au fin fond du désert d'Arabie gît la cité sans nom, délabrée et défigurée, ses remparts peu élevés enfouis sous le sable accumulé par les siècles. Telle était-elle sans doute, dès avant la fondation de Memphis, alors que les briques de Babylone n'étaient pas encore cuites. Il n'y a pas de légende assez ancienne pour révéler le nom ou évoquer le temps de sa gloire, mais on en parle autour des feux de camp et sous la tente des cheikhs et les aïeules parfois y font allusion ; aussi toutes les tribus s'en écartent-elles, sans trop savoir pourquoi.

C'est d'elle qu'avait rêvé une nuit Abdul Alhazred, le poète fou, avant de composer ces vers énigmatiques :

N'est pas mort pour toujours qui dort dans l'éternel,
Mais d'étranges éons rendent la mort mortelle.

J'aurais dû savoir que les Arabes avaient de bonnes raisons pour se détourner de la cité sans nom, la cité connue par d'étranges récits, mais que nul mortel n'avait vue. Pourtant je les bravai, et m'en allai à dos de chameau dans le désert vierge. Moi seul y suis allé et c'est pourquoi aucun visage que le mien ne porte les stigmates d'une peur aussi hideuse ; c'est pourquoi je suis seul à frémir la nuit, quand le vent ébranle les fenêtres. Lorsque j'arrivai devant la cité sans nom, au clair de lune, elle semblait me regarder, dans le calme de son sommeil éternel, froide dans la chaleur du désert. En lui rendant son regard, j'oubliai le triomphe de ma découverte, arrêtai mon chameau, et décidai d'attendre l'aube.

Au bout de plusieurs heures, les étoiles disparurent, puis je vis naître à l'est une lueur grise qui bientôt se transforma en lumière rose et or. Soudain, bien que le ciel fût clair et le désert paisible, j'entendis une sorte de gémissement, et au même instant un tourbillon de sable surgit des pierres antiques de la cité, à travers lequel je vis apparaître à l'horizon le bord embrasé du soleil. Troublé comme je l'étais, je crus entendre, venant de profondeurs lointaines, un son musical et métallique qui saluait le disque flamboyant, comme la statue de Memnon sur les bords du Nil. Les oreilles bourdonnantes, l'imagination enfiévrée, je conduisis lentement mon chameau jusqu'à la cité sans nom, trop ancienne pour que l'Égypte et Meroé en aient gardé le souvenir ; la cité que j'étais le seul homme vivant à avoir vue.

J'errai dans la ville et pénétrai dans les maisons, sans trouver une sculpture ni une inscription évoquant le souvenir des hommes — si c'étaient des hommes — qui, il y a si longtemps, construisirent la cité et l'habitèrent. Son ancienneté même était troublante, et il me tardait de découvrir un signe ou un emblème prouvant que la cité eût été vraiment façonnée par la main des hommes. Certaines dimensions, dans ces ruines, ne me plaisaient guère. J'avais apporté un certain nombre d'outils et pus me livrer à de nombreuses fouilles dans les murs des édifices à moitié ensevelis ; mais je n'avançais guère et ne découvrais rien de remarquable. Lorsque la lune reparut, un vent glacé se leva, annonciateur de craintes nouvelles, et je n'osai pas demeurer dans les pierres grises, bien que la lune fût brillante et le désert calme.

Je fis des rêves horribles et m'éveillai à l'aube, les oreilles résonnant d'un bruit métallique. Le soleil surgit, tout rouge, au-dessus de la cité sans nom ; je le voyais à travers un tourbillon de sable qui faisait ressortir le calme du désert. Je m'aventurai, une fois de plus, dans la cité mélancolique, elle gonflait le sable comme le corps d'un ogre une couverture, et je me remis à creuser vainement, à la recherche des vestiges de la race oubliée.

Après un bref repos à midi, je passai une partie de la journée à reconstituer le tracé des murs et le contour des édifices aux trois quarts écroulés. La ville, c'était évident, jadis avait été puissante. Je me demandais quelles avaient été les sources de sa grandeur. Je me représentais les splendeurs d'une époque si ancienne que la Chaldée n'en conservait nul souvenir ; je pensais à Sarnath la Maudite, qui se dressait dans le pays de Mnar au temps de la jeunesse de l'humanité, et à Ib aux pierres grises, antérieure même à l'existence de l'homme.

Brusquement, je parvins à un endroit où le lit de roches s'élevait verticalement au-dessus des sables pour former une falaise basse. Transporté de joie, j'y vis quelque chose qui semblait annoncer de nouveaux vestiges du peuple antédiluvien : grossièrement taillées dans le rocher, s'élevaient les façades de plusieurs petites maisons basses, ou de temples, dont l'intérieur gardait peut-être maint secret d'époques trop lointains pour être déterminées avec précision. Mais les tempêtes de sable avaient effacé depuis longtemps les sculptures extérieures, s'il y en avait eu.

Toutes les ouvertures étaient sombres, très basses et à moitié obstruées par le sable, mais j'en dégageai une avec ma bêche et je m'y glissai en rampant. J'avais pris soin d'emporter une torche dont la lueur allait peut-être me révéler bien des mystères. Une fois à l'intérieur, je constatai qu'il s'agissait bien d'un temple. On y voyait les traces du peuple qui y avait honoré ses dieux avant que le désert eût envahi la ville. Il y avait là des autels primitifs, des colonnes, des chapelets, le tout étonnamment bas. On n'y trouvait ni sculptures ni fresques, mais un grand nombre de pierres dont la forme curieuse, évidemment symbolique, avait été obtenue artificiellement. La faible hauteur de ce temple était étrange (je pouvais à peine m'y tenir à genoux) mais la surface en était si grande que ma torche n'en pouvait éclairer qu'une partie à la fois. Par moments je frissonnais, car les sculptures de certains autels laissaient entrevoir des rites d'une nature inexplicable, révoltante et terrible ; je me demandai quels hommes avaient bien pu construire un tel temple et pour quelles cérémonies. Après avoir vu tout ce qu'il contenait, je ressortis en rampant, avide de voir ce que les autres édifices allaient me révéler.

La nuit approchait, mais ce que je venais de découvrir rendait ma curiosité plus forte que ma peur. Je n'avais plus envie de m'enfuir à la vue des ombres qui s'allongeaient au clair de lune et qui la veille m'avaient si fort inquiété. Je dégageai une seconde ouverture, m'y glissai, une autre torche à la main, et trouvai encore des pierres symboliques, mais rien de plus précis que dans le premier temple. Celui-ci, tout aussi bas mais beaucoup moins vaste, s'achevait en couloir étroit, rempli de chapelles obscures et mystérieuses. J'étais en train d'observer l'une d'elles, quand le silence extérieur fut rompu par le bruit du vent et par un cri que poussait mon chameau. Je sortis pour voir ce qui avait bien pu effrayer l'animal.

La lune, brillant d'un vif éclat au-dessus des ruines antiques, éclairait un épais nuage de sable, formé, semblait-il, par un souffle de vent assez fort, mais qui allait diminuant. Ce vent provenait d'un point de la falaise, non loin de moi. Je compris que c'était cela qui avait effrayé mon chameau et j'allais le conduire à l'abri, quand, levant les yeux, je m'aperçus qu'il n'y avait pas de vent au-dessus de la falaise. Cela me surprit et raviva mes craintes, mais, me rappelant immédiatement les brusques rafales que j'avais observées au lever et au coucher du soleil, j'estimai qu'il s'agissait là d'un phénomène tout à fait normal. Sans doute y avait-il une fissure dans le rocher. En examinant les rainures du sable, je découvris qu'elles venaient de l'entrée d'un temple situé très au sud, presque hors de ma vue. Luttant contre le nuage de sable qui m'étouffait, je m'approchai en trébuchant : il était nettement plus grand que les autres et la porte qui le fermait était beaucoup moins obstruée par le sable solidifié. Je serais entré si ce vent glacial n'avait failli éteindre ma torche. De violentes rafales, semblables à d'étranges soupirs, surgissaient de la porte sombre, frôlaient le sable et se répandaient dans les ruines sinistres. Puis elles s'affaiblirent, le sable reprit son aspect lisse et le calme revint. Mais on eût dit qu'une présence rôdait parmi les ombres spectrales de la cité; levant les yeux vers la lune, je la vis trembler comme si elle se fût reflétée dans des eaux agitées. Ma peur, inexprimable, n'était cependant pas assez forte pour me faire oublier ma soif de merveilleux et, lorsque le vent se fut totalement apaisé, je pénétrai dans la salle obscure d'où il était sorti.

Ce temple (je m'en doutais déjà d'après son aspect extérieur) était plus vaste que ceux que j'avais visités auparavant ; c'était probablement une caverne naturelle puisqu'elle laissait passer des coups de vent venus des profondeurs. Je pouvais m'y tenir debout, mais les pierres et les autels étaient aussi bas que dans les autres temples. Pour la première fois je vis, sur les murs et le plafond, de curieuses lignes ondulées presque entièrement effacées, sans aucun doute des vestiges de l'art de cette race disparue. Sur deux des autels, je découvris, plein d'une émotion grandissante, des réseaux compliqués de sculptures aux lignes courbes, bien façonnées. En élevant ma torche, j'eus l'impression que la forme du toit était trop régulière pour être naturelle, et je me demandai sur quelles bases ces sculpteurs préhistoriques avaient commencé à travailler ; leur habileté et leur talent avaient dû être prodigieux.

Un éclair de ma torche me révéla enfin ce que je cherchais : l'ouverture qui menait vers ces lointains abîmes d'où le vent était si brusquement sorti. Je fus pris de faiblesse en découvrant qu'il s'agissait d'une petite porte, visiblement artificielle, pratiquée dans l'épaisseur du roc. J'avançai ma torche à l'intérieur et j'aperçus un tunnel sombre dont le toit s'incurvait pour abriter un escalier abrupt, aux nombreuses petites marches taillées grossièrement, et qui descendait je ne savais où. Je reverrai toujours ces marches en rêve ; j'ai fini par apprendre leur signification, mais dans ce moment-là je ne savais trop s'il fallait les appeler vraiment des marches, ou simplement des points d'appui pratiqués le long d'une descente vertigineuse. Mon esprit était assailli d'idées extravagantes; les paroles et les avertissements des prophètes arabes, venus des villes connues des hommes, semblaient venir à ma rencontre, à travers le désert, jusqu'à la ville que les hommes n'osaient point connaître. Pourtant je n'eus qu'un bref moment d'hésitation avant de franchir la porte et de commencer à descendre les marches, avec précaution, en posant un pied après l'autre, comme sur une échelle.

On ne descend ainsi que dans les hallucinations ou le délire. Cet escalier n'en finissait pas. On se serait cru dans un puits hideux et la torche que je tenais au-dessus de ma tête ne pouvait éclairer les profondeurs insondables où je m'enfonçais. J'avais perdu la notion du temps et ne pensais pas à consulter ma montre, mais j'étais saisi d'effroi à la pensée de la distance que je devais parcourir. Il y avait des changements de direction et des différences de niveau; un moment je traversai un couloir uni, long et étroit, où je dus avancer en rampant, les pieds en avant, ma torche tenue à bout de bras au-dessus de ma tête. Puis je trouvai un nouvel escalier, aussi abrupt que le premier, et me remis à descendre interminablement. Tout à coup ma torche s'éteignit. Je ne crois pas m'en être aperçu tout de suite : lorsque je m'en rendis compte, je la tenais toujours au-dessus de ma tête, comme si elle éclairait encore. Mon esprit était déréglé par cet instinct qui avait fait de moi un voyageur errant à l'aventure, un homme qui aime hanter les endroits perdus et les lieux interdits.

Dans l'obscurité me revinrent brusquement en mémoire mes fragments favoris de littérature démoniaque ; des phrases d'Alahzred, l'Arabe fou, des versets tirés des cauchemars apocryphes de Damascius, d'infâmes vers des délirantes *Images du monde* de Gauthier de Metz. Je me redisais d'étranges citations et répétais à voix basse les noms d'Afrasoab et des démons qui descendirent l'Oxius avec lui ; plus tard je psalmodiai sans cesse une phrase tirée des récits de lord Dunsany — « La noirceur sans merci de l'abîme ». Lorsque la descente devint incroyablement raide, je me mis à déclamer ces vers de Thomas More, que finalement je craignis de dire jusqu'au bout :

Incliné au-dessus de l'insondable abîme,
Noir chaudron de sorcière où bouillonnent les herbes,
j'entrevis aussi loin que porte le regard
Les parois de jais sombre, lisses comme du verre
Enduites de la poix que le Royaume des Morts
jette sur ses rivages visqueux.

Le temps avait cessé d'exister lorsque mes pieds retrouvèrent un sol uni ; j'étais sous un plafond un peu plus haut que celui des deux petits temples qui se trouvaient si loin maintenant au-dessus de ma tête. Je ne pouvais me tenir facilement debout, mais pouvais rester à genoux ; j'essayai d'avancer à tâtons dans l'obscurité et ne tardai pas à comprendre que je me trouvais dans un couloir étroit, aux murs recouverts de coffres en bois, à parois de verre. Le contact d'objets de bois et de verre dans cet abîme paléozoïque me fit frémir par ce qu'il pouvait sous-entendre. Les coffres étaient disposés horizontalement de chaque côté du couloir, à intervalles réguliers. Par leur forme oblongue et leur aspect, ils ressemblaient affreusement à des cercueils. En essayant d'en déplacer deux ou trois pour les examiner de plus près, je constatai qu'ils étaient solidement fermés.

Voyant que le couloir était long, j'avançai rapidement, en me courbant. Parfois je tâtonnais sur les deux côtés pour examiner ce qui m'entourait et m'assurer que les rangées de coffres continuaient. Ceux qui m'auraient vu tituber ainsi auraient été remplis d'horreur. L'homme est si habitué à se représenter visuellement les choses que je me figurais voir cet interminable couloir de bois et de verre au décor monotone. Enfin, dans un moment d'émotion indicible, je le vis pour de bon.

À quel moment le réel se substitua à l'imaginaire, je ne saurais le dire avec précision ; mais je vis peu à peu de la lumière en face de moi et je compris immédiatement qu'une phosphorescence souterraine, de source inconnue, éclairait les contours indistincts du couloir et des coffres. Pendant un bref instant, tout fut exactement comme je l'avais imaginé, puis la lumière augmenta et à mesure que je me dirigeais vers l'endroit d'où elle venait, je me rendais compte que la réalité dépassait de beaucoup tout ce que j'avais pu imaginer. Ce n'étaient plus les frustes dessins que j'avais vus là-haut, mais un monument de l'art le plus étrange et le plus magnifique qui soit. Des dessins et des peintures aux couleurs vives, d'une audace fantastique, formaient un ensemble mural d'une richesse impossible à décrire. Les coffres étaient de bois doré, aux parois d'un verre très beau, et contenaient les corps momifiés de créatures dépassant en grotesque les rêves les plus désordonnés de l'homme.

Donner une idée de ces monstres serait impossible. On eût dit des reptiles, dont le corps évoquait en partie le phoque, en partie le crocodile, mais le plus souvent rien de ce que connaissent le naturaliste ou le paléontologue. Leur taille était à peu près celle d'un homme pas très grand et leurs pattes de devant se terminaient par des pieds délicats semblables à des mains et à des doigts humains. Mais le plus étrange était la forme de leur tête, qui violait tous les principes biologiques connus. Rien ne peut s'y comparer. En un éclair, je pensai au chat, au bouledogue, au satyre de la Fable et à l'être humain. Jupiter lui-même n'eut jamais ce front immense et protubérant ; et pourtant les cornes, l'absence de nez et la forme de la mâchoire, qui rappelait celle du crocodile, empêchaient de placer ces êtres dans une catégorie bien définie.

Je m'interrogeai un moment sur la réalité de ces momies, dans le vague soupçon qu'elles n'étaient que des idoles artificielles ; mais j'estimai finalement qu'il s'agissait d'espèces paléontologiques, contemporaines de la cité sans nom. Pour comble de grotesque, la plupart des momies, revêtues de somptueux tissus, étaient parées de bijoux d'or et de pierres précieuses et d'un métal brillant qui m'était inconnu.

Grande avait dû être l'importance de ces créatures rampantes, car elles occupaient la première place parmi les décorations primitives des murs et du plafond. C'est avec une habileté sans égale que l'artiste les avait représentées dans leur univers particulier, où les cités et les jardins étaient adaptés à leur taille. Ma seule pensée fut que les tableaux où elles figuraient devaient être allégoriques, illustrant probablement l'histoire de la race qui les adorait. Ces créatures, me disais-je, étaient, aux hommes de la cité sans nom, ce que la Louve fut aux Romains, ou encore jouaient le même rôle que les totems dans les tribus indiennes.

Fort de cette interprétation, je pus retracer grossièrement l'histoire de la cité sans nom, immense capitale maritime qui dominait le monde quand l'Afrique n'était pas encore sortie des eaux. J'évoquai sa résistance au moment où la mer se retira et où le désert remplaça les vallées fertiles. Je vis clairement ses guerres et ses triomphes, ses luttes et ses défaites, et le terrible combat final contre le désert lorsque ses habitants — représentés ici par les reptiles — durent, par milliers, se frayer miraculeusement un chemin à travers le roc pour se réfugier dans le monde souterrain dont leur avaient parlé leurs prophètes. Tout cela était traité d'une manière étrangement réaliste et le lien des tableaux avec la terrible descente que je venais d'accomplir ne faisait aucun doute : même les couloirs étaient reconnaissables.

Je me dirigeai, toujours en rampant, vers la lumière. Les fresques dépeignaient maintenant des épisodes plus tardifs de cette épopée : l'adieu définitif des habitants de la cité sans nom à la vallée qu'ils occupaient depuis des millénaires ; leur âme ne pouvait se résoudre à quitter l'endroit familier à leur corps depuis si longtemps ; l'endroit où, nomades, ils s'étaient établis pendant l'enfance du monde, taillant dans la roche vierge les sanctuaires primitifs qu'ils n'avaient jamais cessé de vénérer. Maintenant la lumière était meilleure et me permettait d'examiner les peintures de plus près. Me rappelant que les étranges reptiles devaient représenter les hommes inconnus, je me mis à réfléchir aux mœurs de la cité sans nom. Un grand nombre de faits demeuraient obscurs. Cette civilisation, qui comprenait un alphabet écrit, semblait avoir été plus avancée que celles de Chaldée ou d'Égypte qui étaient venues plus tard ; pourtant, on trouvait de curieuses lacunes : par exemple je ne découvris rien qui évoquât la mort ou les coutumes funéraires, sauf lorsqu'elles se rapportaient à des guerres, des désastres ou des épidémies, et je jugeai étonnante cette répugnance à décrire la mort naturelle. On eût dit que l'idée de l'immortalité avait été entretenue comme une illusion réconfortante.

Vers l'extrémité du couloir, on rencontrait des scènes confondantes de pittoresque et d'extravagance ; des vues contradictoires de la cité sans nom, dans son abandon et son délabrement croissant, et d'autres, de cet étrange royaume paradisiaque où la race inconnue avait abouti en creusant la pierre. On y voyait toujours la ville et la vallée au clair de lune, un nuage doré suspendu au-dessus des remparts écroulés révélant en partie la splendide perfection d'autrefois, que l'artiste avait rendue de manière stylisée. Les cènes représentant le paradis étaient presque trop étranges pour être croyables : on y voyait un étrange royaume caché où le jour était éternel, rempli de villes glorieuses, de collines et de vallées impalpables. Je crus apercevoir enfin des signes de décadence. Les peintures étaient moins habiles, et leur bizarrerie dépassait celle des premières. Elles semblaient être la preuve d'une longue déchéance de la race disparue, en même temps que d'une férocité croissante à l'égard du monde extérieur d'où le désert l'avait chassée. La silhouette des personnages — toujours représentés par les reptiles sacrés — semblait se détériorer peu à peu, bien qu'on vît leur esprit planer au-dessus des ruines, dans un clair de lune outré. Des prêtres décharnés, sous la forme de reptiles en vêtements de parade, maudissaient l'air libre et ceux qui y vivaient ; et l'unique scène finale, atroce, mettait en scène un homme à l'aspect primitif, peut-être un des premiers habitants de l'antique Irem, la ville des colonnes, mis en pièces par les représentants de la race anéantie. Je me rappelai la crainte qu'inspire aux Arabes la cité sans nom et je fus soulagé de ne voir ensuite qu'un plafond et des murs gris et nus.

Tout en contemplant cette épopée en images, je m'étais approché de la salle au plafond bas ; j'aperçus une porte par où pénétrait la lumière phosphorescente. Je m'y dirigeai en rampant et, transporte d'étonnement, je poussai un cri : ce n'étaient plus des salles diverses et peintes de couleurs vives.

Derrière moi, un couloir où je ne pouvais me tenir debout, devant moi, un espace infini noyé dans la lumière souterraine.

Partant du couloir, un escalier aux marches raides, semblable à celui que j'avais déjà emprunté, menait à cet abîme, mais, au bout de quelques mètres, les nuages étincelants cachaient tout. Grande ouverte contre le mur de gauche du couloir, se dressait une lourde porte de cuivre incroyablement épaisse, décorée de bas-reliefs fantastiques. Fermée, elle aurait séparé complètement cet Univers de lumière des salles voûtées et des couloirs de roc. Je regardai l'escalier mais cette fois, je n'osai m'y aventurer. J'effleurai la porte ouverte, sans réussir à la déplacer. Je tombai alors face contre terre, l'esprit bouillonnant d'images prodigieuses que même l'état d'épuisement où je me trouvais était impuissant à chasser.

Ainsi étendu, immobile et les yeux fermés, libre de méditer, de nombreux détails des fresques, que j'avais à peine remarqués tout d'abord, me revinrent à l'esprit, chargés d'un sens nouveau et effroyable — scènes représentant la cité sans nom au sommet de sa gloire, la végétation environnante et les pays lointains avec lesquels elle commerçait. La signification allégorique des reptiles me plongeait dans la plus grande perplexité par son ampleur universelle ; je m'étonnais qu'elle fût si intégralement respectée dans un récit en images d'une telle importance. Dans les fresques, la cité sans nom était toujours proportionnée à la taille des reptiles. Je me demandais ce qu'avaient été en réalité ses proportions et sa grandeur et me rappelai certains traits bizarres que j'avais remarqués dans les ruines. Je pensai avec curiosité à la faible hauteur des premiers temples et du couloir souterrain ; et je conclus qu'ils avaient dû être taillés ainsi dans un esprit de déférence envers les reptiles-dieux qui y étaient honorés. Mais alors les fidèles étaient forcés de ramper… Peut-être les rites même de leur religion faisaient-ils de la reptation un hommage à ces créatures. Nul dogme religieux, par contre, n'expliquait facilement pourquoi les couloirs de cette affreuse descente étaient aussi bas que les temples, voire plus bas, puisqu'on ne pouvait même pas s'y tenir à genoux. À l'idée de ces créatures rampantes, dont les corps momifiés étaient si proches de moi, je sentis de nouveau l'angoisse m'envahir. Les associations d'idées sont parfois curieuses et je luttai contre l'impression qu'à part le malheureux homme primitif taillé en pièces, à la fin de la fresque, j'étais le seul être humain, au milieu des reliques et des symboles d'une vie primitive.

Mais, comme toujours dans mon étrange existence errante, la curiosité ne tarda pas à l'emporter sur la peur : l'abîme lumineux, et ce qu'il recelait peut-être, présentait un problème digne des plus grands explorateurs. À mes yeux, il était hors de doute que tout un monde de mystères subsistait vers le bas de cet escalier aux marches remarquablement petites ; j'espérai y trouver ces souvenirs humains sur lesquels les fresques du corridor étaient muettes. D'après elles, le royaume souterrain était rempli de villes et de vallées incroyables ; mon imagination s'attardait sur la richesse des ruines colossales qui m'attendaient.

Mes craintes, à la vérité, concernaient le passé bien plus que l'avenir. La frayeur même éprouvée en cet instant dans ce couloir peuplé de reptiles morts, orné de fresques antédiluviennes, à des kilomètres au-dessous du monde familier, face à cet autre monde de brume et de lumière surnaturelle, ne pouvait égaler l'angoisse mortelle qui s'emparait de moi à la pensée de l'antiquité insondable de ce lieu et de mon âme. Antiquité si reculée qu'elle défiait les calculs, semblait me contempler du haut de ces pierres primitives. Dans les fresques, d'extraordinaires cartes représentaient des continents oubliés et comportaient de-ci de-là des contours vaguement familiers. Qu'avait-il pu se passer aux époques géologiques, depuis qu'on avait cessé de peindre et que cette race qui haïssait la mort s'était malgré elle abandonnée au déclin ? Nul ne le sait. La vie jadis avait régné sur ces cavernes et sur le lumineux royaume souterrain ; maintenant j'étais seul avec les reliques et je tremblais en songeant aux siècles innombrables au long desquels elles avaient monté leur garde muette et solitaire.

Brusquement, je fus repris de cette peur intense que j'avais éprouvée de façon intermittente depuis que j'avais vu pour la première fois, sous les froids rayons de la lune, la vallée terrible et la cité sans nom. En dépit de mon épuisement, je me redressai d'un bond et regardai derrière moi vers les couloirs et les tunnels qui menaient au monde extérieur. J'éprouvai une sensation analogue à celle qui m'avait fait m'éloigner de la cité sans nom à la nuit tombante, aussi poignante qu'inexplicable. Un peu plus tard, je devais pourtant recevoir un nouveau choc : un son très net se fit entendre, le premier qui ait rompu l'épais silence de ces profondeurs de tombeau. C'était un gémissement sourd et prolongé, qui paraissait émaner d'une foule lointaine d'esprits damnés et provenir de la direction vers laquelle je regardais. Son volume augmenta rapidement et se répercuta bientôt effroyablement le long du corridor ; en même temps je sentis un courant d'air de plus en plus froid qui semblait venir à la fois du tunnel et de la ville. Ce souffle d'air me rendit mon équilibre en me rappelant les brusques rafales surgies de l'abîme au lever au coucher du soleil, et qui m'avaient révélé le secret des couloirs. Une nouvelle fois ma peur disparut, puisqu'un phénomène naturel tend à dissiper les sinistres pensées qu'inspire l'inconnu.

Le vent nocturne, criant et gémissant, soufflait avec une force accrue dans cette faille souterraine. Je retombai, j'essayai de m'accrocher au sol, dans ma crainte d'être emporté au-delà de la porte ouverte, dans l'abîme phosphorescent. Je ne m'attendais pas à une telle furie et, comprenant que je glissais vraiment vers l'abîme, je fus repris de mille terreurs nouvelles. La malignité de ces rafales faisait naître en moi d'inconcevables chimères. Une fois de plus, je me comparai, frissonnant, à l'unique représentation humaine du couloir, l'homme primitif mis en pièces par la race sans nom. Dans l'étreinte démoniaque du courant d'air, il semblait y avoir une colère vengeresse, d'autant plus forte qu'elle était impuissante. Je crois bien que, finalement, je me mis à crier comme un fou — je l'étais presque — mais mes cris se perdirent dans le vacarme infernal que faisaient les esprits du vent. J'essayai de revenir à plat ventre, luttant contre le torrent invisible et meurtrier, mais j'avais le plus grand mal à lui résister, poussé comme je l'étais, lentement et inexorablement, vers le monde inconnu. Enfin ma raison dut m'échapper complètement et je me mis à répéter sans relâche les vers énigmatiques d'Alahzred, l'Arabe fou :

N'est pas mort pour toujours qui dort dans l'éternel,
Mais d'étranges éons rendent la mort mortelle.

Sur les événements qui suivirent, seuls les dieux du désert, sinistres et pensifs, connaissent la vérité ; seuls ils savent quelles luttes et quels tourments j'endurai dans l'obscurité et quel Ange de l'abîme guida mon retour en ce monde. Mais un souvenir m'est resté et me restera jusqu'à ce que la mort — ou pire — m'appelle. Ce que j'ai vu était si monstrueux, si démesuré, si contraire à la nature et si éloigné des idées humaines, qu'il est impossible d'y croire, sauf aux heures redoutables et secrètes du petit matin, où l'on sollicite en vain le sommeil.

J'ai dit que la fureur du courant d'air était infernale, vraiment démoniaque, et que ses voix étaient remplies de l'horreur et de la méchanceté cachées des éternités damnées.

À ce moment le bruit de voix, confus encore devant moi, parut, à mon esprit meurtri, prendre derrière moi une forme articulée. Tout en bas, dans ce tombeau où d'innombrables vestiges gisaient depuis des siècles, à des lieues du monde des hommes que l'aurore éclairait en cet instant, j'entendis le grondement et l'affreuse malédiction de démons aux langues étranges. Je me retournai et je vis, se découpant sur l'éther lumineux de l'abîme, invisible dans le couloir obscur, une horde de cauchemar, une foule de démons, à demi transparents, aux faces tordues de haine, grotesquement armés, appartenant à une race sur laquelle aucun doute n'était permis : c'étaient les reptiles de la cité sans nom.

Le vent s'apaisa et je fus plongé dans les ténèbres monstrueuses des entrailles de la terre ; lorsque la dernière de ces créatures fut passée, la lourde porte de cuivre se referma brusquement avec un bruit assourdissant dont l'écho métallique et musical se répercuta jusqu'au monde lointain pour saluer le soleil levant, telle la statue de Memnon sur les bords du Nil.

La peur qui rôde

1

La peur qui rôde

Il y avait de l'orage dans l'air, la nuit où je me rendis à la maison abandonnée du Mont des Tempêtes pour y découvrir « la peur qui rôde ». Je n'étais pas seul, car la témérité ne se mêlait pas encore, chez moi, à cet amour du grotesque et de l'horrible qui a fait de moi un éternel errant, en quête de ce qu'il y a de plus étrange et de plus terrible dans la littérature et dans la vie. Deux hommes robustes et fidèles m'accompagnaient. Ils avaient une longue habitude de ce genre d'expéditions, auxquelles ils convenaient parfaitement et je les avais fait venir le moment venu.

Nous avions quitté le village discrètement, à cause des journalistes qui ne cessaient d'y rôder depuis la panique affreuse du mois précédent, lorsqu'était venue cette vision de cauchemar, la mort rampante. Plus tard, pensai-je, ils pourraient me servir ; mais je ne voulais pas d'eux en ce moment. Plût à Dieu que je les eusse laissés effectuer ces recherches eux-mêmes ! Je n'aurais pas été obligé de porter si longtemps ce secret, et de le porter seul, de crainte que le monde ne me croie fou, ou ne sombre dans la folie à cause des implications démoniaques de tout cela. Si je me suis résolu à parler, c'est que j'ai peur que l'obsession ne me mène à la démence, et maintenant je voudrais n'avoir jamais rien caché. Je suis seul à connaître la vérité sur la peur qui rôdait dans la montagne fantomatique et déserte.

Après des kilomètres de forêt vierge et de collines, notre petite voiture n'eut pas la force de monter la dernière pente boisée. La nuit, sans la foule habituelle des enquêteurs, l'aspect du pays était encore plus sinistre que d'ordinaire ; aussi fûmes-nous souvent tentés d'allumer les phares à acétylène, qui risquaient pourtant d'attirer l'attention. Ce paysage n'était vraiment pas agréable une fois la nuit tombée, et je crois que j'aurais remarqué son apparence morbide même en ignorant tout de la peur qui y rôdait. Il n'y avait pas de bêtes sauvages — elles se tiennent coites au voisinage de la mort. Les vieux arbres frappés par la foudre semblaient étrangement grands et tordus, et le reste de la végétation épais et chargé de fièvres, tandis que de curieux monticules et de petits tertres hérissaient la terre volcanique couverte d'herbes folles, évoquant des serpents et des crânes humains de proportions gigantesques.

Les journaux avaient publié des récits circonstanciés de la catastrophe qui, pour la première fois, avait attiré l'attention du monde sur la région.

C'est par eux que j'appris, très tôt, que la peur rôdait depuis plus d'un siècle sur le Mont des Tempêtes. C'est une colline perdue, isolée dans cette partie des Catdkills à peine touchée jadis par la civilisation hollandaise, dont les seuls vestiges sont constitués par de rares maisons et une population montagnarde dégénérée habitant de pitoyables hameaux. Les hommes normaux sont rarement allés dans ces parages avant la formation de la police d'État, et même maintenant les patrouilles y sont rares. La peur cependant est de tradition depuis longtemps dans les villages voisins. C'est le principal sujet de conversation des pauvres montagnards, lorsqu'il leur arrive de quitter leur vallée pour échanger des corbeilles, tressées à la main, contre les objets de première nécessité que ni la chasse ni l'élevage ni leurs mains ne peuvent leur procurer. La peur rôdait sans cesse dans la maison des Martense. Abandonnée, évitée de tous, elle se dressait au sommet de la colline en pente douce à qui la fréquence des orages a valu le nom de Mont des Tempêtes. Depuis plus de cent ans, la vieille maison de pierre, entourée d'arbres, était le sujet de récits extravagants, incroyablement hideux, dont le thème était la mort, sous la forme d'un colossal démon, silencieux et rampant, qui sortait l'été. On répétait en gémissant qu'après la tombée de la nuit il s'emparait des voyageurs solitaires : parfois il les emportait, parfois aussi il les laissait sur place, affreusement déchiquetés et rongés. On prétendait également que des traces de sang menaient à la maison abandonnée. D'après certaines personnes, c'était le tonnerre qui faisait sortir le démon de sa retraite ; d'après d'autres, au contraire, le tonnerre était sa voix même.

Personne, hormis les gens de la forêt, n'avait cru à ces contes variés et contradictoires qui décrivaient de manière incohérente et délirante le démon à peine entrevu. Pourtant personne, fermier ou villageois, ne doutait que la maison des Martense fût hantée par un vampire. L'histoire locale interdisait d'ailleurs d'en douter, bien qu'on n'en eût jamais eu la preuve. Pourtant nombreux étaient ceux qui s'étaient livrés à des recherches, après avoir entendu de la bouche des montagnards des récits particulièrement forts. Les aïeules savaient des contes étranges sur le spectre des Martense. Elles parlaient de la bizarre dissymétrie des yeux qui était un trait héréditaire de la famille ; de sa longue et curieuse histoire ; du crime enfin qui l'avait vouée à la malédiction.

La catastrophe qui m'avait incité à me rendre sur place était la brutale et sinistre confirmation des plus étranges de ces légendes. Une nuit d'été, après un orage d'une violence sans précédent, le pays fut mis en émoi par les montagnards en proie à une terreur panique, qu'on ne pouvait attribuer à des hallucinations. Ces pauvres êtres hurlaient et frémissaient au souvenir de l'innommable terreur qui avait fondu sur eux. Personne ne mit leurs paroles en doute. Ils n'avaient rien vu, d'ailleurs, mais les cris provenant d'un des hameaux prouvaient assez que le démon rampant était passé.

Le matin, des habitants du village et des policiers à cheval suivirent les montagnards à l'endroit où, disaient-ils, la mort était venue. La mort y était, en effet. Dans l'un des villages, le sol s'était creusé comme sous l'effet de la foudre, emportant plusieurs de ces taudis malodorants. À ce dommage matériel s'ajoutait une dévastation organique qui le rendait insignifiant ; l'endroit avait peut-être abrité soixante-quinze personnes ; on n'y voyait plus âme qui vive.

La terre en folie était couverte de sang et de débris humains qui n'exprimaient qu'avec trop de force les ravages exercés par des dents et des griffes démoniaques ; pourtant, aucune trace ne partait du lieu du carnage. Personne ne fit de difficulté pour admettre qu'il s'agissait d'un animal monstrueux et nul n'osa suggérer qu'il s'agissait peut-être d'un de ces crimes sordides qui se commettent parfois dans les communautés décadentes. On finit cependant par le dire, lorsqu'on apprit que vingt-cinq personnes n'étaient pas au nombre des cadavres. Même ainsi, il était difficile d'expliquer l'assassinat des cinquante victimes par cet autre tiers. Mais il restait qu'une nuit d'été, le feu du ciel avait laissé, en tombant dans le village maudit, cinquante cadavres horriblement rongés, mutilés et déchiquetés. Dans leur émotion, les gens du pays y virent un rapport avec la maison des Martense, bien qu'elle fût distante de plus de cinq kilomètres. Les policiers, plus sceptiques, n'examinèrent que rapidement la maison au cours de leurs investigations et, constatant qu'elle était entièrement abandonnée, ne s'en occupèrent plus. Mais les gens du pays l'inspectèrent avec le plus grand soin ; on retourna tout dans la maison, on sonda les mares et les ruisseaux, on battit les buissons, on fouilla la forêt voisine. Tout fut vain ; le démon n'avait pas laissé d'autre trace que cette destruction.

Dès le second jour de l'enquête, l'affaire avait été complètement exposée par les journaux dont les correspondants ne cessaient de parcourir le Mont des Tempêtes. Ils décrivaient la maison, avec grand luxe de détails, et tentaient d'élucider le mystère en interrogeant les vieillards du pays. Je suivis d'abord le récit de ces horreurs avec nonchalance, car je suis un connaisseur en la matière, mais au bout d'une semaine, ayant décelé une atmosphère troublante, je me mêlai, le 5 août 1921, aux journalistes qui emplissaient l'hôtel de Lefferts Corner, le village le plus proche du Mont des Tempêtes, qui servait de quartier général aux enquêteurs. Au bout de trois semaines, le départ des journalistes me donna liberté de mettre sur pied une expédition fondée sur l'enquête minutieuse à laquelle je m'étais livré en attendant.

Donc, par une nuit d'été déchirée de lointains roulements de tonnerre, je quittai la voiture silencieuse et montai, avec mes deux compagnons armés, jusqu'au sommet couvert de bosses du Mont des Tempêtes ; les rayons de ma lampe électrique éclairaient les murs d'un gris spectral que laissaient entrevoir les chênes géants, dans la solitude nocturne.

La maison, vaste et massive, produisait une impression de terreur vague que le jour même ne dissiperait pas ; malgré tout je n'hésitai pas, puisque j'étais venu pour vérifier une hypothèse. À mon avis, le tonnerre faisait sortir le démon mortel de sa cachette ; et que ce démon fût un être matériel ou une vapeur pestilentielle, j'avais bien l'intention de le voir.

J'avais déjà fouillé la maison de fond en comble, aussi mon plan était-il tout prêt. J'avais décidé de m'installer, pour faire le guet, dans ce qui avait été la chambre de Jan Martense, dont le meurtre occupe tant de place dans les légendes du pays. Il me semblait que l'appartement de cette ancienne victime était celui qui convenait le mieux à mes projets. La pièce, d'environ six mètres, contenait, comme les autres, tout un fatras, vestige du mobilier d'autrefois. Située au second étage, à l'angle sud-est de la maison, elle était éclairée par deux fenêtres sans vitres ni volets, une grande à l'est et une petite à l'ouest. En face de la plus grande se dressait une immense cheminée hollandaise, revêtue de carreaux de faïence illustrant l'histoire du Fils Prodigue ; en face de la petite fenêtre, un vaste lit avait été aménagé dans le mur.

Les roulements du tonnerre, bien qu'assourdis par les arbres, allaient en augmentant. Je mis au point mon plan. Je commençai par fixer côte à côte, au bord de la grande fenêtre, les trois échelles de corde que j'avais apportées. Je savais, pour les avoir essayées, qu'elles permettraient d'atterrir sur l'herbe en un endroit commode. Puis, aidé de mes deux compagnons, j'allai chercher dans une pièce voisine un grand lit à colonnes que je traînai latéralement contre la fenêtre. Après l'avoir recouvert de branches de sapin, nous nous y étendîmes, nos automatiques à portée de la main. L'un de nous devait veiller, pendant que les deux autres se reposeraient. De quelque côté que vînt le démon, notre fuite était assurée : s'il venait de l'intérieur de la maison, nous devions nous sauver par les échelles de corde ; s'il venait de l'extérieur, il nous restait la porte et l'escalier. D'après ce qui était déjà arrivé, nous ne pensions pas qu'il nous poursuivrait jusque-là, même en mettant les choses au pire.

Je veillai de minuit à une heure. À ce moment, malgré l'atmosphère sinistre de cette maison, le tonnerre et les éclairs, je fus pris d'une étrange somnolence. J'étais allongé entre mes deux compagnons, George Bennett du côté de la fenêtre et William Tobey du côté de la cheminée. Celle-ci me fascinait étrangement, je n'arrivais pas à en détacher mes regards. Bennett dormait, saisi apparemment de la même curieuse somnolence que moi, et je désignai Tobey pour monter la garde ; pourtant lui aussi commençait déjà à dodeliner de la tête.

Le tonnerre, de plus en plus fort, avait dû influencer mes rêves ; mon bref sommeil fut plein de visions d'apocalypse. Je m'éveillai à moitié, sans doute parce que Bennett, en dormant, avait jeté son bras en travers de ma poitrine. Je n'étais pas suffisamment éveillé pour voir si Tobey s'acquittait convenablement de ses devoirs de guetteur. Cependant j'étais très anxieux ; jamais la présence du mal ne m'avait oppressé à ce point. Je dus me rendormir, car c'est d'un chaos plein de phantasmes que j'émergeai lorsque des cris hideux déchirèrent la nuit, des cris tels que je n'en avais jamais entendu ni même imaginé.

Au milieu de ces cris, la terreur et l'angoisse frappaient du fond de l'âme aux portes d'ébène de l'oubli, follement et sans espoir. Je m'éveillai pour entrer dans un univers de folie rouge, plein de démons moqueurs, et je crus descendre dans un abîme de terreur inconcevable. Il n'y avait pas de lumière, mais sentant le vide à ma droite, je compris que Tobey était parti, Dieu seul savait où. Sur ma poitrine reposait encore le bras lourd du dormeur de gauche.

Puis vint cet éclair destructeur qui ébranla la montagne tout entière, illumina les recoins les plus profonds de la forêt séculaire, et fendit le plus vieux des arbres tordus. L'éclair démoniaque d'une monstrueuse boule de feu réveilla brusquement le dormeur et, à la lueur qui venait de la fenêtre, j'aperçus brusquement son ombre sur l'immense cheminée d'où je n'avais pu détacher mon regard. Que je sois encore vivant et sain d'esprit est un miracle que je ne puis comprendre. Non, je ne le puis, car l'ombre que je voyais sur cette cheminée n'était ni celle de George Bennett ni celle d'aucune créature humaine, mais une anomalie prodigieuse, un blasphème vivant, sorti du fond de l'enfer, une abomination sans forme et sans nom que l'esprit se refuse à concevoir et que la plume est impuissante à décrire.

L'instant d'après, je me retrouvai seul dans la maison maudite, tremblant et hurlant de peur. George Bennett et William Robey étaient partis sans laisser de traces, ni même de lutte. Nul n'a plus jamais entendu parler d'eux.

2

Un passant dans la tempête

Après cette épouvantable aventure dans la maison cernée par la forêt, je restai couché quelques jours, à bout de nerfs, dans ma chambre d'hôtel de Lefferts Corner. Je ne sais plus comment je parvins à retrouver la voiture, à la mettre en marche et à regagner le village sans être vu ; je me rappelle seulement les arbres titanesques aux branches tourmentées, les roulements de tonnerre démoniaques, et les ombres venues d'au-delà du Styx sur les monticules qui parsemaient la région.

À force de réfléchir, en tremblant, à l'ombre que j'avais vue sur la cheminée et dont l'aspect défiait la raison, je compris que j'avais mis au jour une au moins des horreurs suprêmes de l'univers, une de ces flétrissures sans nom des ténèbres extérieures dont nous entendons parfois les faibles grouillements au bord extrême de l'espace et contre lesquelles notre vision limitée nous a miséricordieusement immunisés. L'ombre que j'avais vue, j'osais à peine l'analyser ou l'identifier... La « chose » s'était allongée cette nuit-là entre la fenêtre et moi et, frémissant de terreur, je ne pouvais rejeter le désir instinctif de savoir ce que c'était. Si seulement elle avait grogné, ou aboyé, ou ri même, il me semble que cette impression de hideur insondable aurait disparu. Mais non, c'est en silence qu'elle avait posé sur moi son bras lourd, ou sa jambe... Il s'agissait évidemment de quelque chose d'organique... Jan Martense, dont nous avions envahi la chambre, était enterré près de la maison... Il me fallait retrouver Bennett et Tobey, s'ils étaient encore en vie... Pourquoi l'ombre les avait-elle emportés, m'épargnant seul ?... Dormir est si accablant et rêver si horrible...

Au bout de quelques jours, je me rendis compte que, si je ne voulais pas m'effondrer complètement, il me fallait raconter mon histoire à quelqu'un. J'avais déjà décidé de poursuivre mes recherches, car il me semblait, dans mon innocence, que l'incertitude était pire que tout, même si la vérité était terrible. Aussi je me résolus à ce qui me semblait la meilleure solution : choisir un confident et retrouver les traces de « la chose » qui avait fait disparaître mes deux compagnons et dont j'avais vu se profiler l'ombre de cauchemar.

Les gens que je connaissais le mieux à Lefferts Corner étaient les journalistes. Quelques-uns d'entre eux étaient restés pour recueillir les derniers échos de la tragédie, et c'est parmi eux que je décidai de choisir un compagnon. Plus je réfléchissais, plus mes préférences m'entraînaient vers un certain Arthur Munroe, brun et maigre, âgé de trente-cinq ans environ, que son éducation, ses goûts, son intelligence et son caractère semblaient annoncer comme un homme qui ne se laisserait pas arrêter par des idées conventionnelles.

Un après-midi du début de septembre, je lui racontai mon histoire. Je vis tout de suite qu'il l'écoutait avec intérêt et sympathie ; lorsque j'eus fini, sa façon d'analyser le problème dénotait une grande acuité d'esprit et un excellent jugement. Il me donna, en outre, des conseils fort judicieux : selon lui, il fallait suspendre les opérations à la maison Martense jusqu'à ce que nous possédions davantage de détails historiques et d'éléments géographiques. Sur son initiative, nous parcourûmes le pays à la recherche d'informations concernant la famille Martense. Un homme nous communiqua le journal intime de son aïeul, admirablement révélateur, et nous eûmes de longs entretiens avec les rares montagnards que la terreur n'avait pas fait fuir. Nous décidâmes de faire précéder notre tâche principale — l'examen complet et définitif de la maison, à la lumière de son histoire détaillée — d'un examen également complet et définitif des lieux associés aux différentes tragédies rapportées par la légende.

Les résultats de ces examens ne furent guère concluants au début ; l'ensemble pourtant paraissait indiquer une tendance significative : à savoir que toutes ces horreurs avaient eu lieu en général dans des endroits relativement proches de la maison abandonnée, ou reliés à elle par des parties de forêt où la végétation trop riche avait quelque chose de morbide. Il y avait, il est vrai, des exceptions. En fait, le massacre qui avait attiré l'attention du monde sur la région s'était produit dans un espace sans arbres, aussi éloigné de la maison que de la forêt.

Sur l'apparence et la nature du démon, on ne pouvait rien tirer des villageois effrayés et stupides. Ils le qualifiaient à la fois de serpent et de géant, de démon de la foudre et de chauve-souris, de vautour et d'arbre en marche. Pour nous, nous pensions qu'il s'agissait d'un organisme vivant très sensible aux phénomènes électriques des orages. Bien que certains récits fissent allusion à des ailes, il nous semblait, en raison de son aversion pour les grands espaces vides, que la créature en question devait probablement marcher. La seule objection valable était la rapidité avec laquelle elle avait dû se déplacer pour accomplir tous les actes qui lui étaient attribués.

Lorsque nous connûmes mieux les montagnards, nous les trouvâmes, par beaucoup de côtés, étrangement sympathiques. Ils étaient simples comme des bêtes, retournant d'ailleurs doucement à l'état animal, en raison de leur malheureuse hérédité et de leur isolement abêtissant. Malgré leur crainte des étrangers, ils s'habituèrent à nous peu à peu et finalement nous apportèrent une aide non négligeable lorsque, au cours de nos recherches, nous entreprîmes de battre les fourrés et de démolir tous les murs intérieurs de la maison. Quand nous leur demandâmes de nous aider à retrouver Bennett et Tobey, ils montrèrent un chagrin sincère : ils voulaient bien collaborer avec nous, mais ils savaient que mes malheureux compagnons avaient, comme les leurs, quitté définitivement ce monde ; nous étions convaincus de la mort et de la disparition des hommes du village, ainsi que de l'extermination des bêtes sauvages. Nous nous préparions avec appréhension à d'autres tragédies.

Au milieu d'octobre, nous fûmes étonnés d'avoir avancé si peu. Les nuits étaient claires, il ne s'était rien passé, et la vanité de nos recherches, pourtant complètes, nous faisait presque considérer la « peur qui rôde » comme un être immatériel. Nous redoutions la venue du froid qui nous empêcherait de poursuivre nos recherches, puisque, de l'avis général, le démon se tenait toujours tranquille en hiver. Aussi fut-ce avec une sorte de hâte désespérée que nous nous livrâmes, pour la dernière fois, à un examen en plein jour dans le hameau frappé par l'horreur, abandonné maintenant par les montagnards, tant ils en avaient peur.

Le village maudit n'avait jamais eu de nom lui-même. Il s'étendait depuis longtemps dans une faille sans arbres située entre deux sommets appelés respectivement Cone Mountain et Maple Hill. Il était plus proche de celui-ci que de l'autre, quelques-unes des frustes demeures étant, en réalité, creusées dans le flanc de Maple Hill. Il se trouvait à près de trois kilomètres au nord-ouest de la base du Mont des Tempêtes, et à cinq environ de la maison au milieu des chênes. Entre le hameau et la maison, il y avait bien trois kilomètres entièrement déserts, du côté du hameau ; la plaine était à peu près nue ; seuls s'y dressaient quelques monticules, semblables à des serpents, et la maigre végétation se composait d'herbe et de plantes desséchées. En examinant la topographie, nous avions fini par conclure que le démon avait dû venir par Cone Mountain, qui se prolongeait au sud par un bois jusqu'à une courte distance de l'éperon ouest du Mont des Tempêtes. Nous fîmes remonter la trace du soulèvement de terrain jusqu'à un éboulement venant de Maple Hill : la foudre, tombant sur un grand arbre isolé, avait fait sortir le monstre.

En inspectant pour la vingtième fois chaque centimètre du village maudit, Arthur Munroe et moi étions à la fois découragés et saisis d'une vague et nouvelle appréhension. Il était singulier, même pour des gens habitués à l'effroi et au mystère, de se trouver devant un endroit aussi dépourvu d'indices après des événements aussi accablants. Nous marchions, sous un ciel qui devenait couleur de plomb, animés de ce zèle tragique et sans but que provoque l'impression mêlée de la futilité et de la nécessité de l'action. Nous revîmes tout avec un soin minutieux, entrant de nouveau dans toutes les chaumières, fouillant chaque trou de la montagne à la recherche de cadavres, inspectant chaque centimètre du sol épineux pour voir s'il ne recelait pas quelque faille ou quelque caverne, mais tout cela sans résultat. Pourtant, comme je l'ai déjà dit, nous éprouvions une crainte vague, comme si de gigantesques griffons aux ailes de chauve-souris nous contemplaient par-delà les abîmes transcosmiques.

L'après-midi s'avançait et on y voyait de moins en moins ; le tonnerre se fit entendre tout à coup au-dessus du Mont des Tempêtes. Cela nous émut, naturellement, mais moins que s'il avait fait complètement nuit. En tout cas nous espérions de toutes nos forces que l'orage continuerait une fois la nuit venue, et nous abandonnâmes nos recherches pour nous diriger vers le plus proche hameau habité : nous demanderions à un groupe de montagnards de nous accompagner. Malgré leur timidité, en effet, quelques jeunes gens étaient assez rassurés par notre autorité protectrice pour nous promettre leur concours.

Nous étions à peine partis que des torrents de pluie se mirent à tomber avec une telle violence qu'il fallut bientôt chercher un abri. Le ciel était si sombre qu'on se serait cru en pleine nuit, mais, guidés par les éclairs et par notre connaissance intime du terrain, nous ne tardâmes pas à atteindre, en trébuchant, la cabane la moins perméable du hameau : c'était un assemblage hybride de planches et de rondins, dont la porte et l'unique fenêtre minuscule donnaient sur Maple Hill. Nous réussîmes à barricader la porte pour nous protéger du vent et de la pluie, et à assujettir le grossier volet de bois que nos fréquentes fouilles nous avaient appris à trouver. C'était lugubre de rester dans cette obscurité, assis sur des caisses ; heureusement nous avions nos pipes et, de temps à autre, nous éclairions la cabane avec nos lampes de poche. Par moments, nous voyions les éclairs par des fissures du mur. Le temps était si extraordinairement sombre que chaque éclair était bien visible.

Cette veillée dans l'orage me rappelait les moments affreux que j'avais connus sur le Mont des Tempêtes. Mon esprit se mit à retourner le problème qui ne cessait de se présenter à lui depuis cette nuit de cauchemar. Je me demandais, une fois de plus, pourquoi le démon, en approchant des trois dormeurs, soit de l'intérieur soit de l'extérieur, d'abord s'était emparé des hommes qui reposaient sur les côtés, laissant celui du milieu jusqu'à la fin, au moment où la boule de feu l'avait fait fuir. Pourquoi n'avait-il pas saisi ses victimes dans la succession qui se présentait, moi-même étant le second, quelle que fût la direction d'où il venait ? Avec quelques tentacules démesurées saisissait-il ses proies ? Ou encore, savait-il que c'était moi le chef, me réservant pour un destin pire que celui de mes compagnons ?

Perdu dans mes réflexions, j'entendis brusquement, comme pour les intensifier, le bruit terrible de la foudre qui tombait tout à côté, immédiatement suivi de celui d'une avalanche. En même temps, le vent s'éleva. On eût dit d'abord des hurlements de loup, s'enflant peu à peu pour se terminer en ululements. Nous eûmes la certitude que l'arbre isolé de Maple Hill avait été frappé de nouveau et Munroe se dirigea vers la petite fenêtre pour s'assurer des dégâts. Lorsqu'il ôta le volet, le vent et la pluie s'engouffrèrent dans la cabane, avec un bruit assourdissant, et je ne pus saisir ses paroles. Il se pencha au-dehors, essayant de percer le mystère de la nature en délire.

Peu à peu le vent s'apaisa et cette obscurité exceptionnelle diminua : l'orage allait finir. J'avais espéré qu'il durerait jusqu'à la nuit pour favoriser nos recherches, mais un furtif rayon de soleil apparut derrière moi, ôtant toute vraisemblance à cette idée.

Je dis à Munroe que nous ferions bien d'avoir un peu de lumière, même si la pluie devait reprendre, puis je déverrouillai la porte et l'ouvris. Dehors, le sol n'était plus qu'une masse informe de boue, de flaques d'eau et de petits monticules de terre provenant du dernier éboulement. Je ne voyais rien, cependant, qui justifiât l'intérêt de mon compagnon, toujours penché à la fenêtre et muet. Je traversai la pièce et lui touchai l'épaule, mais il ne bougea pas ; je le secouai en manière de plaisanterie et le fis tourner : je sentis alors la terreur me mordre comme un cancer venu du fond des âges et des abîmes insondables de la nuit éternelle.

Car Arthur Munroe était mort. Et dans ce qui restait de sa tête rongée et creusée, il n'y avait plus de visage.

3

La vérité sur la lueur rouge

La nuit du 8 novembre 1921, au milieu des hurlements de la tempête, j'étais seul et je creusais, comme un dément, dans la tombe de Jan Martense. J'avais commencé à creuser dans l'après-midi, parce qu'un orage se préparait ; et maintenant qu'il faisait nuit, et que l'orage grondait au-dessus des feuilles à l'épaisseur étrange, j'étais heureux.

Je crois que j'avais eu l'esprit passablement dérangé par ce qui était arrivé le 5 août : l'ombre monstrueuse dans la maison, la fatigue, la déception, et enfin, au mois d'octobre, ce que j'avais vu au hameau pendant l'orage. Après ce dernier événement, j'avais creusé une fosse pour un homme dont je ne comprenais pas la mort ; je savais que les autres ne comprendraient pas non plus. Aussi leur laissai-je croire qu'Arthur Munroe avait tout simplement disparu. On chercha partout, mais en pure perte. Les montagnards, eux, auraient pu comprendre, mais je n'osai pas les effrayer encore. Je semblais moi-même étrangement insensible Le choc que j'avais éprouvé dans la maison sur la colline avait ébranlé mon cerveau ; j'étais obsédé par la recherche de ce monstre qui avait pris dans mon esprit des proportions gigantesques, recherche que le tragique destin d'Arthur Munroe me fit jurer de garder secrète.

Le décor de l'endroit où je creusais aurait suffi à ébranler les nerfs d'un homme ordinaire. Des arbres sinistres, de taille anormale et d'aspect grotesque, me contemplaient d'en haut comme les colonnes de quelque temple infernal, assourdissant le bruit du tonnerre et celui du vent, laissant passer quelques rares gouttes de pluie. Là-bas, au-delà des troncs meurtris, illuminés par de faibles éclairs, se dressaient les pierres humides et couvertes de lierre de la maison abandonnée ; un peu plus près s'étendait le jardin hollandais, aux allées et aux massifs pollués par une végétation surabondante, blanche, fétide et corrompue, qui n'avait jamais reçu la pleine lumière du jour. Tout près se trouvait le cimetière familial où des arbres difformes étendaient leurs branches folles, pendant que leurs racines, soulevant hideusement les dalles, suçaient les sucs vénéneux du sous-sol. De temps en temps, au-dessous du brun manteau de feuilles qui pourrissaient et suppuraient dans l'obscurité de cette forêt antédiluvienne, je pouvais déceler les contours sinistres de ces petits monticules qui semblaient caractéristiques de cette région meurtrie par la foudre.

C'est l'Histoire qui m'avait amené à cette tombe ancienne.

L'Histoire, en fait, était tout ce qui restait, maintenant que tout le reste avait sombré dans un satanisme dérisoire. Je croyais alors que cette peur qui rôdait n'était pas une chose matérielle, mais un fantôme aux crocs de loup qui chevauchait les éclairs à minuit. Je croyais, en raison des nombreuses traditions locales que j'avais recueillies au cours de mes recherches en compagnie d'Arthur Munroe, que ce fantôme était celui de Jan Martense, mort en 1762. C'est pourquoi, comme un dément, je creusais dans sa tombe.

La maison des Martense fut bâtie, en 1670, par Gerrit Martense, riche négociant de la Nouvelle-Amsterdam, qui haïssait le changement apporté par la souveraineté britannique. Il avait fait élever cette magnifique demeure dans une forêt isolée dont la solitude vierge et le décor étrange lui plaisaient. Sa seule déception était la fréquence des orages d'été. En choisissant cette colline pour y bâtir sa demeure, Mynheer Martense avait attribué ces phénomènes à une particularité de cette année-là, mais avec le temps il s'aperçut que l'endroit y était décidément sujet. À la fin, les orages lui donnant mal à la tête, il meubla une cave où il pût se retirer pour échapper à leur vacarme infernal.

On en sait moins encore sur les descendants de Gerrit Martense que sur lui-même, puisque tous furent élevés dans la haine de la civilisation britannique et rompirent avec les colons qui l'avaient acceptée. Ils menaient une vie extrêmement retirée, et les gens disaient que leur isolement leur avait fait l'esprit lourd et la parole difficile. Physiquement, ils présentaient une certaine particularité héréditaire : ils avaient les yeux vairons, l'un étant généralement bleu et l'autre brun. Leurs contacts sociaux se firent de plus en plus rares et, à la fin, ils prirent femmes dans les familles des serviteurs du domaine. Une grande partie de cette nombreuse famille dégénéra, s'en alla de l'autre côté de la vallée et se mêla à la population bâtarde qui devait produire cette race de pitoyables montagnards. Les autres s'accrochèrent obstinément à la demeure de leurs ancêtres, de plus en plus ancrés dans l'esprit de clan, de plus en plus taciturnes et de plus en plus sensibles aux orages.

La plupart de ces renseignements parvinrent au monde extérieur par l'entremise de Jan Martense le jeune, personnage aventureux qui s'engagea dans l'armée des colons quand la nouvelle de la Convention d'Alba parvint au Mont des Tempêtes. Ce fut le premier des descendants de Gerrit Martense à voir le monde. Lorsqu'il revint, en 1760, après six ans de campagnes, son père, ses oncles et ses frères lui vouèrent la même haine qu'à un étranger, en dépit des yeux qu'il avait vairons comme tous les Martense. Il ne se sentait plus la force de partager les préjugés de sa famille ; les orages même de la montagne ne réussissaient plus à l'exciter comme autrefois. Au contraire, le pays le déprimait, et dans ses lettres à un ami d'Albany, il s'ouvrait fréquemment de son projet de quitter le toit paternel.

Au printemps de 1763, cet ami d'Albany, John

Clifford, s'inquiéta du silence de son correspondant, surtout étant donné les circonstances et l'atmosphère querelleuse qui régnait chez les Martense.

Décidé à rendre lui-même visite à Jan, il s'en alla à cheval dans la montagne. D'après son journal intime, il arriva au Mont des Tempêtes le 20 septembre et trouva la maison dans un grand état de délabrement. Les Martense, êtres taciturnes, aux yeux étranges, le rebutèrent par leur allure animale et négligée et lui dirent, de leur voix rauque, que Jan était mort. Ils précisèrent qu'il avait été tué par la foudre, l'automne précédent, et qu'il était enterré dans le jardin mal entretenu situé en contrebas. Ils lui montrèrent la tombe, nue, sans fleurs ni inscription. Les Martense déplurent à Clifford et leur comportement éveilla ses soupçons : une semaine plus tard, il revint avec une bêche et une pioche pour fouiller le cimetière. Il découvrit ce à quoi il s'attendait : un crâne horriblement écrasé, comme s'il avait reçu un coup violent. Dès son retour à Albany, Jonathan Clifford accusa ouvertement les Martense de l'assassinat de leur parent.

On manquait de preuves légales, mais l'histoire se répandit rapidement dans la campagne, et depuis ce temps les Martense furent tenus à l'écart. Personne ne voulait avoir affaire à eux et leur lointaine demeure, considérée comme maudite, était fuie de tout le monde. Ils réussirent cependant à ne dépendre de personne et à vivre des produits de leur domaine ; parfois des lumières venues de la lointaine colline attestaient qu'ils étaient toujours là. On les vit jusque vers 1810, mais les derniers temps, elles se faisaient de plus en plus rares.

Pendant ce temps, il se formait à propos de la maison et de la montagne un ensemble de légendes diaboliques. On n'en évita que plus assidûment la maison, et la tradition s'accrut de tous les mythes imaginables. Personne n'alla au Mont des Tempêtes jusqu'en 1816, date à laquelle les montagnards finirent par remarquer qu'il n'y avait plus jamais de lumières. On y fit alors une expédition en groupe et l'on trouva la maison abandonnée et en ruine.

Comme on ne découvrit pas le moindre squelette, on en déduisit que les Martense étaient partis avant de mourir. Ce départ semblait déjà ancien et des hangars improvisés montraient que la famille avait dû être très nombreuse les derniers temps. Son niveau de vie était tombé très bas, comme le prouvaient le mobilier délabré et l'argenterie dépareillée, qui devaient être inutilisés déjà longtemps avant le départ des propriétaires. Malgré ce départ on continua à avoir peur de la maison hantée. Cette peur s'intensifia lorsque des histoires de plus en plus étranges naquirent parmi les montagnards dégénérés. Abandonnée, redoutée et associée à jamais au fantôme de Jan Martense, telle elle était encore, cette nuit où je creusais dans sa tombe.

J'ai dit que je creusais comme un dément, et c'est vrai. J'avais eu tôt fait de déterrer le cercueil de Jan Martense — il ne contenait plus que de la poussière et du salpêtre — mais, dans mon désir forcené d'exhumer son fantôme, je fouillais maladroitement et sans méthode au-dessous de l'endroit où il avait reposé. Dieu seul sait ce que je m'attendais à trouver. J'avais seulement l'impression que je creusais dans la tombe d'un homme dont le fantôme rôdait la nuit.

Je ne puis dire à quelle profondeur monstrueuse j'atteignis avec ma bêche ; bientôt mes pieds traversèrent le sol et je tombai dans un trou. Étant donné les circonstances, c'était un événement prodigieux : l'existence d'un souterrain confirmait mes théories les plus folles. Ma lanterne s'était éteinte dans ma chute, mais je tirai ma lampe de poche et examinai le tunnel qui s'étendait à l'infini dans deux directions opposées. Il était largement assez vaste pour qu'un homme s'y glissât ; bien que nul être sain d'esprit ne s'y fût risqué en un pareil moment, j'oubliai le danger, la raison, et le souci de la propreté, dans mon idée fixe de faire sortir le démon de sa cachette. Je pris la direction de la maison et me glissai avec témérité dans l'étroit boyau ; j'avançais rapidement en rampant, tâtonnant comme un aveugle et ne me servant que rarement de ma lampe.

Quelle langue pourrait décrire ce spectacle ? Un homme, perdu dans les entrailles de la terre, avançait en se tordant, respirant avec peine, grattant le sol comme un fou, dans les détours ensevelis de cette obscurité sans âge. Le temps était aboli, je ne me souciais plus du danger, j'avais même oublié le dessein que je poursuivais. Certes il y a là quelque chose d'ignoble, mais c'est pourtant ainsi que la chose se passa. À la fin, le souvenir même de la vie s'effaça et je ne fis plus qu'un avec les taupes et les larves des profondeurs. Ce ne fut vraiment que par accident que j'appuyai sur le bouton de ma lampe électrique, de sorte qu'elle se mit à briller mystérieusement dans le boyau de terre desséchée qui continuait à se tordre et s'allonger devant moi.

J'avançais sans doute depuis un certain temps, et ma pile était presque à bout de course, lorsque, le couloir remontant brusquement, je dus changer ma manière d'avancer. Je levai les yeux, nullement préparé à voir briller au loin deux reflets démoniaques de ma lampe expirante, deux reflets d'une luminosité funeste sur laquelle le doute n'était pas permis, éveillant en moi des souvenirs vagues et affolants. Je m'arrêtai automatiquement, mais n'eus pas l'intelligence de retourner sur mes pas. Les yeux approchaient, et pourtant, de la créature à laquelle ils appartenaient, je ne distinguais qu'une griffe ; mais quelle griffe ! Puis, très loin au-dessus de ma tête, j'entendis un craquement que je reconnus : c'était le tonnerre de la montagne, saisi d'une fureur hystérique. Je remontais déjà depuis quelque temps, et la surface maintenant n'était plus très loin. Au bruit assourdi du tonnerre, ces yeux continuaient de me fixer avec une méchanceté froide.

Dieu merci, j'ignorais alors ce que c'était, sinon je serais mort. Mais je fus sauvé par le tonnerre qui avait appelé cette chose, car, après une attente atroce, éclata du ciel invisible un de ces coups de foudre dirigés contre la montagne et dont j'avais remarqué çà et là les répercussions, sous formes d'entailles dans la terre meurtrie, et de météorites de tailles diverses. Avec une rage cyclopéenne, la foudre déchira le sol au-dessus de ce puits damné, m'aveuglant et m'assourdissant, sans cependant me faire perdre complètement connaissance.

Dans le chaos de terre glissante et mouvante, je griffai et me débattis, jusqu'au moment où la pluie tombant sur mon visage, me ranima ; je m'aperçus alors que j'étais revenu à la surface dans un endroit qui m'était familier, une pente abrupte et sans arbre de la montagne. D'autres éclairs illuminèrent le sol défoncé et les restes du bizarre petit tertre qui s'étendait depuis le sommet boisé, mais il n'y avait rien dans ce chaos qui me révélât l'endroit d'où j'étais sorti du souterrain mortel. Mon cerveau également était un chaos, mais en apercevant au loin une lueur rouge, je compris par quelle horreur je venais de passer.

Lorsque, deux jours plus tard, les montagnards me dirent ce que signifiait cette lueur rouge, je ressentis une horreur plus grande encore que celle qui déjà m'avait assailli dans le souterrain à la vue de la griffe et des yeux, car ce qu'elle impliquait était accablant. Dans un hameau éloigné de trente-cinq kilomètres, une orgie de terreur avait suivi le coup de foudre qui m'avait ramené à la surface, et une chose sans nom était tombée d'un arbre dans une cabane au toit branlant.

Elle avait eu le temps de frapper, mais les gens du pays, fous de rage, avaient mis le feu à la cabane avant qu'elle eût pu s'échapper. Cela s'était passé au moment même où la terre s'était effondrée sur la créature à yeux et à griffes.

4
L'horreur dans les yeux

Un homme qui, sachant ce que je savais sur le Mont des Tempêtes, chercherait à découvrir seul la peur qui y rôdait, serait anormal. Que deux au moins des phénomènes qui donnaient corps à cette peur fussent détruits ne donnait qu'une mince garantie de sécurité physique et mentale dans cet Achéron diabolique et multiforme. Je n'en continuai pas moins mes recherches, mon zèle augmentant à mesure que les événements devenaient de plus en plus monstrueux.

Lorsque, deux jours après mon effroyable aventure dans cette crypte où j'avais vu les yeux et la griffe, j'appris qu'à trente-cinq kilomètres de là, un nouveau meurtre avait été commis au moment même où les yeux me regardaient, j'éprouvai les convulsions véritables de la terreur. Ce que j'éprouvais était un mélange de peur, de stupeur et de fascination, si intime qu'il en était presque agréable. Parfois, dans les affres du cauchemar, lorsque les puissances invisibles vous font tourbillonner au-dessus des toits d'étranges cités mortes vers l'abîme grimaçant de Nis, c'est un soulagement et presque un plaisir de hurler sauvagement et de se jeter volontairement dans le noyau hideux des rêves et de sombrer dans les gouffres sans fond. Il en était de même pour ce cauchemar vivant du Mont des Tempêtes. Découvrir qu'il y avait en réalité deux monstres m'avait donné un désir fou de plonger dans le sol même de ce pays maudit et, de mes mains nues, de faire sortir de la terre empoisonnée la mort qui en couvrait chaque centimètre.

Dès que je le pus, j'allai voir la tombe de Jan Martense et creusai vainement au même endroit. Un grand éboulement avait effacé toute trace du passage souterrain, et la pluie avait tellement repoussé la terre dans l'excavation que je ne savais plus jusqu'à quelle profondeur j'avais creusé. Je me rendis également au hameau où la créature de mort avait été brûlée ; je ne fus guère payé de mes peines. Dans les cendres de la cabane tragique, je trouvai plusieurs ossements, mais aucun apparemment ne se rapportait au monstre. Les montagnards prétendaient qu'il n'y avait eu qu'une seule victime, mais à mon avis ils se trompaient, puisque à côté d'un crâne d'homme entier se trouvait un autre fragment d'os qui, sans nul doute, avait également fait partie d'un crâne humain. Bien qu'on eût vu tomber le monstre, nul ne pouvait dire à quoi il ressemblait ; ceux qui l'avaient vu disaient simplement que c'était un démon. Examinant l'arbre où il s'était tapi, je ne vis aucune marque particulière. J'essayai de retrouver des traces dans la forêt obscure, mais cette fois je ne pus supporter la vue de ces fûts à l'air malsain, de ces racines semblables à des serpents qui se tordaient méchamment avant de s'enfoncer dans le sol.

Puis je me mis en devoir d'examiner, une fois de plus, le hameau abandonné où la mort avait sévi davantage et où Arthur Munroe avait vu quelque chose que la mort l'avait empêché de décrire. Bien que mes recherches précédentes eussent été vaines en dépit de leur minutie, j'avais maintenant de nouveaux éléments d'information à éprouver. Mon horrible circuit dans la tombe m'avait convaincu que l'une au moins de ces créatures était souterraine. Cette fois, le 14 novembre, mes recherches concernèrent spécialement les flancs de Cone Mountain et de Maple Hill qui donnaient sur le malheureux hameau, et j'apportai une attention particulière à la terre meuble de la région où s'était produit l'éboulement sur Maple Hill.

L'après-midi ne m'apporta rien de nouveau et le crépuscule survint au moment où, de Maple Hill, je contemplais le hameau et le Mont des Tempêtes, de l'autre côté de la vallée. Le coucher de soleil avait été magnifique et la lune montait, presque entière, déversant sa lumière argentée sur la plaine, la montagne et les monticules qui s'élevaient çà et là. C'était un décor paisible et idyllique mais, sachant ce qu'il cachait, je me prenais à le haïr. Oui, je haïssais la lune moqueuse, la plaine hypocrite, la montagne pourrie et ces monticules empreints d'une alliance malfaisante avec des puissances cachées et tourmentées.

Là, comme je regardais vaguement le paysage au clair de lune, mon regard fut attiré par quelque chose de singulier dans la nature et la disposition de certains éléments topographiques. Sans avoir de notions bien précises de géologie, dès le début j'avais été intrigué par les monticules et les tertres qui couvraient la région. J'avais déjà remarqué qu'ils étaient nombreux autour du Mont des Tempêtes, et moins fréquents dans la plaine que sur la montagne elle-même. L'existence d'un glacier préhistorique expliquait sans doute cette moindre résistance aux caprices et à la fantaisie du sol. Maintenant, devant les ombres sinistres qui s'allongeaient au clair de lune, je me rendais compte clairement que les points et les lignes du réseau de monticules étaient également en rapport avec le sommet du Mont des Tempêtes. Le sommet était sans doute un centre d'où rayonnaient indéfiniment et irrégulièrement les lignes et les rangées de monticules, comme si la demeure des Martense eût étendu des tentacules de terreur visibles. Cette idée de tentacules me fit passer sur l'échine un frisson incompréhensible, et je cessai d'analyser les raisons qui m'avaient incité à les prendre pour des phénomènes glaciaires.

Plus je réfléchissais, plus cette interprétation me semblait fausse, et brusquement de nouvelles idées se firent jour en moi : j'apercevais d'horribles et grotesques analogies entre l'aspect du sol et ce que j'avais vu lors de mon aventure souterraine. Sans m'en rendre compte, je me mis à répéter des mots sans suite : « Mon Dieu… les taupinières… Il faut fouiller tout cet infernal endroit… Combien… Cette nuit-là, à la maison abandonnée… elles ont saisi Bennett et Tobey d'abord… de chaque côté de moi… » Puis, frémissant, je me mis à creuser dans le monticule le plus proche de moi, à creuser avec désespoir et jubilation à la fois, à creuser comme un fou, lorsque enfin je criai de saisissement quand je découvrir un tunnel ou un boyau, exactement semblable à celui où j'avais rampé pendant cette nuit démoniaque.

Je me rappelle ensuite m'être mis à courir, bêche en main ; c'était affreux, cette course au clair de lune. Je traversai à toute allure des prés couverts de monticules, franchis d'un bond les crevasses malsaines et sans fond de la montagne hantée, et criant, haletant, je bondis à la maison maudite ; là, je me mis à creuser comme un fou dans toutes les parties de la cave étouffée par la bruyère, pour trouver le centre et le cœur de cet exécrable univers de monticules. Je me rappelle avoir éclaté de rire en rencontrant l'entrée du tunnel : un trou situé à la base de la cheminée ancienne. Il y poussait des herbes épaisses dont l'ombre prenait un aspect terrifiant à la lumière de l'unique bougie que, par hasard, j'avais sur moi. Quelle créature était tapie au fond de cette fourmilière d'enfer, attendant le tonnerre pour sortir, je l'ignorais. Deux hommes étaient morts, peut-être avait-ce été aussi sa fin. Mais il me restait ce désir brûlant d'atteindre le secret le plus intime de ce démon que je continuais à considérer comme une créature bien définie, matérielle et organique.

J'hésitai quelques minutes : allais-je me mettre immédiatement à explorer le souterrain, seul, à la lueur de ma lampe de poche, ou devais-je d'abord rassembler un groupe de montagnards pour me prêter main-forte ? Mes réflexions furent interrompues par un brusque coup de vent venu de l'extérieur qui, en éteignant ma bougie, me laissa dans l'obscurité la plus complète. La lumière de la lune ne traversait plus les crevasses et les ouvertures situées au-dessus de moi ; saisi d'une douloureuse appréhension, j'entendis le roulement sinistre et éloquent du tonnerre. Une multitude d'idées confuses s'empara de moi, et je me dirigeai à tâtons vers le coin le plus reculé de la cave. Mon regard, cependant, ne pouvait se détourner de l'horrible ouverture située à la base de la cheminée. Par moments, lorsque la faible lumière des éclairs, traversant les herbes au-dehors, illuminait les fentes du mur, j'apercevais les briques croulantes et les mauvais herbes qui y croissaient. J'étais consumé d'un mélange de crainte et de curiosité qui allait croissant. Qu'est-ce que la tempête allait faire surgir ? À la lumière d'un éclair plus violent, j'allai m'installer derrière une touffe épaisse, au travers de laquelle je pouvais voir sans être vu.

Si le ciel est miséricordieux, un jour il effacera de ma mémoire le souvenir de ce que je vis ; il me laissera atteindre en paix ma dernière heure ; le sommeil me fuit et, quand il tonne, les narcotiques sont mon seul recours. « La chose » surgit brusquement. Rien ne l'annonçait. J'entendis d'abord, venant de profondeurs inconcevables, un bruit de galopade, un halètement infernal, un grondement sourd, et enfin je vis sortir, par l'ouverture située à la base de la cheminée, un jaillissement de vie multiple et repoussante, un flot abominable et ténébreux de corruption organique, mille fois plus hideux que les conjurations les plus noires de la folie et de la morbidité. Grouillante, bouillonnante, houleuse, écumante comme de la bave de serpent, s'étendant comme une maladie infectieuse, cette horreur sans nom sortait de ce trou béant, et débordait de la cave par toutes les issues possibles pour se répandre dans les maudites forêts nocturnes et semer la terreur, la maladie et la mort.

« La chose » n'était pas une : elle se composait d'une infinité de créatures. Dieu sait combien il y en avait, des milliers sans doute, et voir leur flot à la lueur intermittente des éclairs était affreux. Lorsqu'elles se furent suffisamment essaimées pour être aperçues comme des organismes distincts, je vis qu'il s'agissait de singes nains et velus, ou de démons, caricatures monstrueuses d'une tribu animale. Leur silence était abominable. C'est à peine si j'entendis un cri lorsque l'une des créatures, avec l'habileté que donne une longue habitude, s'empara d'un de ses compagnons plus faibles pour s'en repaître. D'autres attrapèrent ce qui restait pour le manger goulûment. Alors, en dépit du vertige que me causaient la peur et le dégoût, la curiosité fut la plus forte : pendant que le dernier des monstres s'écoulait et quittait ce lieu infernal d'un cauchemar inconnu, je sortis mon automatique et tirai. Le coup de feu fut couvert par l'éclat du tonnerre.

Des ombres torrentielles, rouges et visqueuses, se poursuivaient, haletant et glissant, dans les cor ridors infinis du ciel violet et zébré d'éclairs… phantasmes sans forme, dessins d'un kaléidoscope vampirique… forêt de chênes monstrueusement nourris dont les racines en forme de serpent se tordaient, aspiraient d'innommables sucs dans la terre grouillante de démons cannibales... tentacules en forme de tertres, nés d'un noyau souterrain de pourriture perverse... éclairs de folie sur des murs couverts de lierre malsain... galeries démoniaques étouffées par une végétation putride...

Au bout d'une semaine, je me trouvai suffisamment remis pour faire venir d'Albany une équipe d'ouvriers qui fit sauter à la dynamite la maison des Martense et tout le sommet du Mont des Tempêtes. Ils écrasèrent tous les monticules visibles, détruisirent certains arbres trop florissants dont l'existence même était une insulte à l'équilibre de l'esprit. Tout ce lieu maudit disparut dans l'oubli. Après cela, je retrouvai un peu de sommeil. Mais je ne goûterai jamais un vrai repos tant que je me rappellerai cet indicible secret de la peur qui rôde. Il continuera à me hanter ; qui sait en effet si des phénomènes analogues ne se produisent pas dans le monde entier ? Qui, sachant ce que je sais, peut penser calmement aux cavernes inexplorées et à ce qui peut en sortir ? Je ne puis plus voir une entrée de métro ou un puits sans frémir... Pourquoi les médecins ne me donnent-ils pas quelque chose pour dormir, ou pour me calmer tout à fait quand il tonne ?

Ce que je vis cette nuit-là, à la lueur des éclairs, après avoir tiré sur cette chose rampante et sans nom, était si simple, qu'une minute presque s'écoula avant que j'eusse pu comprendre. C'est alors que je me mis à délirer.

« La chose » donnait la nausée, répugnant gorille blanchâtre aux crocs jaunes et pointus et à l'épaisse fourrure : c'était le stade final de la dégénérescence d'un mammifère, l'effroyable résultat d'alliances consanguines et de cette nutrition cannibale, aérienne et souterraine, le cœur de tout ce chaos, de ce grondement, de cette peur grinçante qui rôdent à l'arrière-plan de la vie. L'être, en expirant, m'avait regardé. Ses yeux avaient la même bizarrerie que ceux que j'avais aperçus dans le souterrain et qui avaient remué en moi de vagues souvenirs. L'un de ses yeux était bleu, l'autre marron. C'étaient les yeux vairons de la maison Martense dont parlait la légende, et je compris, muet d'une horreur bouleversante, ce qui était advenu de cette famille disparue, de cette famille terrible et sensible au tonnerre, de la sinistre famille Martense.

DU MÊME AUTEUR

Aux Éditions Gallimard

L'HORREUR DE DUNWICH / THE DUNWICH HORROR (Folio bilingue nº 37)

Aux Éditions Denoël

LA COULEUR TOMBÉE DU CIEL (Folio Science-Fiction nº 4)

DANS L'ABÎME DU TEMPS (Folio Science-Fiction nº 37)

JE SUIS D'AILLEURS (Folio Science-Fiction nº 84)

PAR-DELÀ LE MUR DU SOMMEIL

Aux Éditions Pocket

L'APPEL DE CTHULHU

LA CHOSE DES TÉNÈBRES

L'HORREUR DANS LE CIMETIÈRE

L'HORREUR DANS LE MUSÉE

LÉGENDES DU MYTHE DE CTHULHU

LE MASQUE DE CTHULHU

L'OMBRE VENUE DE L'ESPACE

LE RÔDEUR DEVANT LE SEUIL

Aux Éditions J'ai lu

L'ABOMINATION DE DUNWICH

L'AFFAIRE CHARLES DEXTER WARD

LE CAUCHEMAR D'INNSMOUTH

DAGON

LES MONTAGNES HALLUCINÉES
LE MYTHE DE CTHULHU
NIGHT OCEAN

Chez d'autres éditeurs

LES AUTRES DIEUX
LE CYCLE DE DUNWICH
DÉMONS ET MERVEILLES
ÉPOUVANTE ET SURNATUREL EN LITTÉRATURE
LETTRES 1914-1926
LETTRES D'INNSMOUTH
NYARLATHOTEP
LA QUÊTE ONIRIQUE DE KADATH L'INCONNUE
LES RATS DANS LE MUR
LA TRACE DE CTHULHU

ŒUVRES (3 volumes, Bouquins-Laffont)

Dans la même collection

31.	Isaac Asimov	*Seconde Fondation*
32.	Philippe Curval	*Congo Pantin*
33.	Mary Gentle	*Les Fils de la Sorcière*
34.	Richard Matheson	*Le jeune homme, la mort et le temps*
35.	Douglas Adams	*Le Dernier Restaurant avant la Fin du Monde*
36.	Joël Houssin	*Le Temps du Twist*
37.	H.P. Lovecraft	*Dans l'abîme du temps*
38.	Roger Zelazny	*Le signe de la licorne*
39.	Philip K. Dick et Roger Zelazny	*Deus irae*
40.	Pierre Stolze	*La Maison Usher ne chutera pas*
41.	Isaac Asimov	*Fondation foudroyée*
42.	Fredric Brown	*Une étoile m'a dit*
43.	Francis Berthelot	*Rivage des intouchables*
44.	Gregory Benford	*Un paysage du temps*
45.	Ray Bradbury	*Chroniques martiennes*
46.	Roger Zelazny	*La main d'Oberon*
47.	Maurice G. Dantec	*Babylon Babies*
48.	René Barjavel	*Le Diable l'emporte*
49.	Bruce Sterling	*Mozart en verres miroirs*
50.	Thomas M. Disch	*Sur les ailes du chant*
51.	Isaac Asimov	*Terre et Fondation*
52.	Douglas Adams	*La Vie, l'Univers et le Reste*
53.	Richard Matheson	*Je suis une légende*
54.	Lucius Shepard	*L'aube écarlate*
55.	Robert Merle	*Un animal doué de raison*
56.	Roger Zelazny	*Les Cours du Chaos*
57.	André-François Ruaud	*Cartographie du merveilleux*
58.	Bruce Sterling	*Gros Temps*
59.	Laurent Kloetzer	*La voie du cygne*

60. Douglas Adams	*Salut, et encore merci pour le poisson*
61 Roger Zelazny	*Les Atouts de la Vengeance*
62. Douglas Adams	*Globalement inoffensive*
63. Robert Silverberg	*Les éléphants d'Hannibal*
64. Stefan Wul	*Niourk*
65. Roger Zelazny	*Le sang d'Ambre*
66. Orson Scott Card	*Les Maîtres Chanteurs*
67. John Varley	*Titan (La trilogie de Gaïa I)*
68. André Ruellan	*Mémo*
69. Christopher Priest	*La Machine à explorer l'Espace*
70. Robert Silverberg	*Le nez de Cléopâtre*
71. John Varley	*Sorcière (La trilogie de Gaïa II)*
72. Howard Waldrop	*Histoire d'os*
73. Herbert George Wells	*La Machine à explorer le Temps*
74. Roger Zelazny	*Le signe du Chaos*
75. Isaac Asimov	*Les vents du changement*
76. Norman Spinrad	*Les Solariens*
77. John Varley	*Démon (La trilogie de Gaïa III)*
78. Roger Zelazny	*Chevalier des ombres*
79. Fredric Brown	*Fantômes et farfafouilles*
80. Robert Charles Wilson	*Bios*
81. Walter Jon Williams	*Sept jours pour expier*
82. Roger Zelazny	*Prince du Chaos*
83. Isaac Asimov	*Chrono-minets*
84. H. P. Lovecraft	*Je suis d'ailleurs*
85. Walter M. Miller Jr.	*Un cantique pour Leibowitz*
86. Michael Bishop	*Requiem pour Philip K. Dick*
87. Philip K. Dick	*La fille aux cheveux noirs*
88. Lawrence Sutin	*Invasions divines*

89.	Isaac Asimov	*La fin de l'Éternité*
90.	Mircea Cărtărescu	*Orbitor*
91.	Christopher Priest	*Le monde inverti*
92.	Stanislas Lem	*Solaris*
93.	William Burroughs	*Le festin nu*
94.	William Hjortsberg	*Angel Heart* (Le sabbat dans Central Park)
95.	Chuck Palahniuk	*Fight Club*
96.	Steven Brust	*Agyar*
97.	Patrick Marcel	*Atlas des brumes et des ombres*
98.	Edgar Allan Poe	*Le masque de la Mort Rouge*
99.	Dan Simmons	*Le Styx coule à l'envers*
100.	Joe Haldeman	*Le vieil homme et son double*
101.	Bruce Sterling	*Schismatrice +*
102.	Roger Zelazny et Fred Saberhagen	*Engrenages*
103.	Serge Brussolo	*Boulevard des banquises*
104.	Arthur C. Clarke	*La cité et les astres*
105.	Stefan Wul	*Noô*
106.	Andrew Weiner	*En approchant de la fin*
107.	H. P. Lovecraft	*Par-delà le mur du sommeil*
108.	Fredric Brown	*L'Univers en folie*
109.	Philip K. Dick	*Minority Report*
110.	Bruce Sterling	*Les mailles du réseau*
111.	Norman Spinrad	*Les années fléaux*
112.	David Gemmell	*L'enfant maudit* (Le Lion de Macédoine, I)
113.	David Gemmell	*La mort des Nations* (Le Lion de Macédoine, II)
114.	Michael Moorcock	*Le Chaland d'or*
115.	Thomas Day	*La Voie du Sabre*
116.	Ellen Kushner	*Thomas le rimeur*

117.	Peter S. Beagle	*Le rhinocéros qui citait Nietzsche*
118.	David Gemmell	*Le Prince Noir* (Le Lion de Macédoine, III)
119.	David Gemmell	*L'Esprit du Chaos* (Le Lion de Macédoine, IV)
120.	Isaac Asimov	*Les dieux eux-mêmes*
121.	Alan Brennert	*L'échange*
122.	Isaac Asimov	*Histoires mystérieuses*
123.	Philip K. Dick	*L'œil de la Sibylle*
124.	Douglas Adams	*Un cheval dans la salle de bain*
125.	Douglas Adams	*Beau comme un aéroport*
126.	Sylvie Denis	*Jardins virtuels*
127.	Roger Zelazny	*Le Maître des Ombres*
128.	Christopher Priest	*La fontaine pétrifiante*
129.	Donald Kingsbury	*Parade nuptiale*
130.	Philip Pullman	*Les royaumes du Nord* (À la croisée des mondes, I)
131.	Terry Bisson	*Échecs et maths*
132.	Andrew Weiner	*Envahisseurs !*
133.	M. John Harrison	*La mécanique du Centaure*
134.	Charles Harness	*L'anneau de Ritornel*
135.	Edmond Hamilton	*Les Loups des étoiles*
136.	Jack Vance	*Space Opera*
137.	Mike Resnick	*Santiago*
138.	Serge Brussolo	*La Planète des Ouragans*
139.	Philip Pullman	*La Tour des Anges* (À la croisée des mondes, II)
140.	Jack Vance	*Le jardin de Suldrun* (Le cycle de Lyonesse, I)
141.	Orson Scott Card	*Le compagnon*
142.	Tommaso Pincio	*Le Silence de l'Espace*
143.	Philip K. Dick	*Souvenir*
144.	Serge Brussolo	*Ce qui mordait le ciel*
145.	Jack Vance	*La perle verte*
146.	Philip Pullman	*Le Miroir d'Ambre*

89. Isaac Asimov	*La fin de l'Éternité*
90. Mircea Cărtărescu	*Orbitor*
91. Christopher Priest	*Le monde inverti*
92. Stanislas Lem	*Solaris*
93. William Burroughs	*Le festin nu*
94. William Hjortsberg	*Angel Heart* (Le sabbat dans Central Park)
95. Chuck Palahniuk	*Fight Club*
96. Steven Brust	*Agyar*
97. Patrick Marcel	*Atlas des brumes et des ombres*
98. Edgar Allan Poe	*Le masque de la Mort Rouge*
99. Dan Simmons	*Le Styx coule à l'envers*
100. Joe Haldeman	*Le vieil homme et son double*
101. Bruce Sterling	*Schismatrice +*
102. Roger Zelazny et Fred Saberhagen	*Engrenages*
103. Serge Brussolo	*Boulevard des banquises*
104. Arthur C. Clarke	*La cité et les astres*
105. Stefan Wul	*Noô*
106. Andrew Weiner	*En approchant de la fin*
107. H. P. Lovecraft	*Par-delà le mur du sommeil*
108. Fredric Brown	*L'Univers en folie*
109. Philip K. Dick	*Minority Report*
110. Bruce Sterling	*Les mailles du réseau*
111. Norman Spinrad	*Les années fléaux*
112. David Gemmell	*L'enfant maudit* (Le Lion de Macédoine, I)
113. David Gemmell	*La mort des Nations* (Le Lion de Macédoine, II)
114. Michael Moorcock	*Le Chaland d'or*
115. Thomas Day	*La Voie du Sabre*
116. Ellen Kushner	*Thomas le rimeur*

117. Peter S. Beagle — *Le rhinocéros qui citait Nietzsche*
118. David Gemmell — *Le Prince Noir* (Le Lion de Macédoine, III)
119. David Gemmell — *L'Esprit du Chaos* (Le Lion de Macédoine, IV)
120. Isaac Asimov — *Les dieux eux-mêmes*
121. Alan Brennert — *L'échange*
122. Isaac Asimov — *Histoires mystérieuses*
123. Philip K. Dick — *L'œil de la Sibylle*
124. Douglas Adams — *Un cheval dans la salle de bain*
125. Douglas Adams — *Beau comme un aéroport*
126. Sylvie Denis — *Jardins virtuels*
127. Roger Zelazny — *Le Maître des Ombres*
128. Christopher Priest — *La fontaine pétrifiante*
129. Donald Kingsbury — *Parade nuptiale*
130. Philip Pullman — *Les royaumes du Nord* (À la croisée des mondes, I)
131. Terry Bisson — *Échecs et maths*
132. Andrew Weiner — *Envahisseurs !*
133. M. John Harrison — *La mécanique du Centaure*
134. Charles Harness — *L'anneau de Ritornel*
135. Edmond Hamilton — *Les Loups des étoiles*
136. Jack Vance — *Space Opera*
137. Mike Resnick — *Santiago*
138. Serge Brussolo — *La Planète des Ouragans*
139. Philip Pullman — *La Tour des Anges* (À la croisée des mondes, II)
140. Jack Vance — *Le jardin de Suldrun* (Le cycle de Lyonesse, I)
141. Orson Scott Card — *Le compagnon*
142. Tommaso Pincio — *Le Silence de l'Espace*
143. Philip K. Dick — *Souvenir*
144. Serge Brussolo — *Ce qui mordait le ciel*
145. Jack Vance — *La perle verte*
146. Philip Pullman — *Le Miroir d'Ambre*

147.	M. John Harrison	*La Cité Pastel* (Le cycle de Viriconium, I)
148.	Jack Vance	*Madouc*
149.	Johan Héliot	*La lune seul le sait*
150.	Midori Snyder	*Les Innamorati*
151.	R. C. Wilson	*Darwinia*
152.	C. Q. Yarbro	*Ariosto Furioso*
153.	M. John Harrison	*Le Signe des Locustes*
154.	Walter Tewis	*L'homme tombé du ciel*
155.	Roger Zelazny et Jane Lindskold	*Lord Démon*
156.	M. John Harrison	*Les Dieux incertains*
157.	Kim Stanley Robinson	*Les menhirs de glace*
158.	Harlan Ellison	*Dérapages*
159.	Isaac Asimov	*Moi, Asimov*
160.	Philip K. Dick	*Le voyage gelé*
161.	Federico Andahazi	*La Villa des mystères*
162.	Jean-Pierre Andrevon	*Le travail du Furet*
163.	Isaac Asimov	*Flûte, flûte et flûtes !*
164.	Philip K. Dick	*Paycheck*
165.	Cordwainer Smith	*Les Sondeurs vivent en vain* (Les Seigneurs de l'Instrumentalité, I)
166.	Cordwainer Smith	*La Planète Shayol* (Les Seigneurs de l'Instru mentalité, II)
167.	Cordwainer Smith	*Nostrilia* (Les Seigneurs de l'Instrumentalité, III)
168.	Cordwainer Smith	*Légendes et glossaire du futur* (Les Seigneurs de l'Instrumentalité, IV)
169.	Douglas Adams	*Fonds de tiroir*
170.	Poul Anderson	*Les croisés du Cosmos*
171.	Neil Gaiman	*Pas de panique !*
172.	S. P. Somtow	*Mallworld*
173.	Matt Ruff	*Un requin sous la lune*

174.	Michael Moorcock	*Une chaleur venue d'ailleurs* (Les Danseurs de la Fin des Temps, I)
175.	Thierry di Rollo	*La lumière des morts*
176.	John Gregory Betancourt	*Les Neuf Princes du Chaos*
177.	Donald Kingsbury	*Psychohistoire en péril*, I
178.	Donald Kingsbury	*Psychohistoire en péril*, II
179.	Michael Moorcock	*Les Terres creuses* (Les Danseurs de la Fin des Temps, II)
180.	Joe Haldeman	*Pontesprit*
181.	Michael Moorcock	*La fin de tous les chants* (Les Danseurs de la Fin des Temps, III)
182.	John Varley	*Le Canal Ophite*
183.	Serge Brussolo	*Mange-Monde*
184.	Michael Moorcock	*Légendes de la Fin des Temps* (Les Danseurs de la Fin des Temps, IV)
185.	Robert Holdstock	*La forêt des Mythagos*
186.	Robert Holdstock	*Lavondyss* (La forêt des Mythagos, II)
187.	Christopher Priest	*Les Extrêmes*
188.	Thomas Day	*L'Instinct de l'équarrisseur*
189.	Maurice G. Dantec	*Villa Vortex*
190.	Franck M. Robinson	*Le Pouvoir*
191.	Robert Holdstock	*Le Passe-broussaille* (La forêt des Mythagos, III)
192.	Robert Holdstock	*La Porte d'ivoire* (La forêt des Mythagos, IV)
193.	Stanislas Lem	*La Cybériade*
194.	Paul J. Mc Auley	*Les conjurés de Florence*
195.	Roger Zelazny	*Toi l'immortel*
196.	Isaac Asimov	*Au prix du papyrus*
197.	Philip K. Dick	*Immunité*

198.	Stephen R. Donaldson	*Le miroir de ses rêves* (L'appel de Mordant, I)
199.	Robert Charles Wilson	*Les fils du vent*
200.	Greg Bear	*La musique du sang*
201.	Dan Simmons	*Le chant de Kali*
202.	Thierry Di Rollo	*La profondeur des tombes*
203.	Stephen R. Donaldson	*Un cavalier passe* (L'appel de Mordant, II)
204.	Thomas Burnett Swann	*La trilogie du Minotaure*
205.	Jack Vance	*Croisades*
206.	Thomas Day	*L'homme qui voulait tuer l'Empereur*
207.	Robert Heinlein	*L'homme qui vendit la lune* (Histoire du futur, I)
208.	Robert Heinlein	*Les vertes collines de la Terre* (Histoire du futur, II)
209.	Robert Heinlein	*Révolte en 2100* (Histoire du futur, III)
210.	Robert Heinlein	*Les enfants de Mathusalem* (Histoire du futur, IV)
211.	Stephen R. Donaldson	*Le feu de ses passions* (L'appel de Mordant, III)
212.	Roger Zelazny	*L'enfant de nulle part*
213.	Philip K. Dick	*Un vaisseau fabuleux*
214.	John Gregory Betancourt	*Ambre et Chaos*
215.	Ugo Bellagamba	*La Cité du Soleil*
216.	Walter Tevis	*L'oiseau d'Amérique*
217.	Isaac Asimov	*Dangereuse Callisto*
218.	Ray Bradbury	*L'homme illustré*
219.	Douglas Adams	*Le Guide du voyageur galactique*
220.	Philip K. Dick	*Dans le jardin*
221.	Johan Héliot	*Faerie Hackers*
222.	Ian R. MacLeod	*Les Îles du Soleil*

223.	Robert Heinlein	*Marionnettes humaines*
224.	Bernard Simonay	*Phénix* (La trilogie de Phénix, I)
225.	Francis Berthelot	*Bibliothèque de l'Entre-Mondes*
226.	Christopher Priest	*Futur intérieur*
227.	Karl Schroeder	*Ventus*
228.	Jack Vance	*La Planète Géante*
229.	Jack Vance	*Les baladins de la Planète Géante*
230.	Michael Bishop	*Visages volés*
231.	James Blish	*Un cas de conscience*
232.	Serge Brussolo	*L'homme aux yeux de napalm*
233.	Arthur C. Clarke	*Les fontaines du Paradis*
234.	John Gregory Betancourt	*La naissance d'Ambre*
235.	Philippe Curval	*La forteresse de coton*
236.	Bernard Simonay	*Graal*
237.	Philip K. Dick	*Radio Libre Albemuth*
238.	Poul Anderson	*La saga de Hrolf Kraki*
239.	Norman Spinrad	*Rêve de fer*
240.	Robert Charles Wilson	*Le vaisseau des Voyageurs*
241.	Philip K. Dick	*SIVA* (La trilogie divine, I)
242.	Bernard Simonay	*La malédiction de la Licorne*
243.	Roger Zelazny	*Le maître des rêves*
244.	Joe Haldeman	*En mémoire de mes péchés*
245.	Kim Newman	*Hollywood Blues*
246.	Neal Stephenson	*Zodiac*
247.	Andrew Weiner	*Boulevard des disparus*
248.	James Blish	*Semailles humaines*
249.	Philip K. Dick	*L'invasion divine*
250.	Robert Silverberg	*Né avec les morts*
251.	Ray Bradbury	*De la poussière à la chair*

252.	Robert Heinlein	*En route pour la gloire*
253.	Thomas Burnett Swann	*La forêt d'Envers-Monde*
254.	David Brin	*Élévation*
255.	Philip K. Dick	*La transmigration de Timothy Archer* (La trilogie divine, III)
256.	Georges Foveau	*Les Chroniques de l'Empire,* I *La Marche du Nord — Un Port au Sud*
257.	Georges Foveau	*Les Chroniques de l'Empire,* II *Les Falaises de l'Ouest — Les Mines de l'Est*
258.	Tom Piccirilli	*Un chœur d'enfants maudits*
259.	S. P. Somtow	*Vampire Junction*
260.	Christopher Priest	*Le prestige*
261.	Poppy Z. Brite	*Âmes perdues*
262.	Ray Bradbury	*La foire des ténèbres*
263.	Sean Russell	*Le Royaume Unique*
264.	Robert Silverberg	*En un autre pays*
265.	Robert Silverberg	*L'oreille interne*
266.	S. P. Somtow	*Valentine*
267.	John Wyndham	*Le jour des triffides*
268.	Philip José Farmer	*Les amants étrangers*
269.	Garry Kilworth	*La compagnie des fées*
270.	Johan Heliot	*La Lune n'est pas pour nous*
271.	Alain Damasio	*La Horde du Contrevent*
272.	Sean Russell	*L'île de la Bataille*
273.	S. P. Somtow	*Vanitas*
274.	Michael Moorcock	*Mother London*
275.	Jack Williamson	*La Légion de l'Espace* (Ceux de la Légion, I)
276.	Barbara Hambly	*Les forces de la nuit* (Le cycle de Darwath, I)

277.	Christopher Priest	*Une femme sans histoires*
278.	Ugo Bellagamba et Thomas Day	*Le double corps du roi*
279.	Melvin Burgess	*Rouge sang*
280.	Fredric Brown	*Lune de miel en enfer*
281.	Robert Silverberg	*Un jeu cruel*
282.	Barbara Hambly	*Les murs des Ténèbres* (Le cycle de Darwath, II)
283.	Serge Brussolo	*La nuit du bombardier*
284.	Francis Berthelot	*Hadès Palace*
285.	Jack Williamson	*Les Cométaires* (Ceux de la Légion, II)
286.	Roger Zelazny et Robert Sheckley	*Le concours du Millénaire*
287.	Barbara Hambly	*Les armées du jour* (Le cycle de Darwath, III)
288.	Sean Russell	*Les routes de l'ombre* (La guerre des cygnes, III)
289.	Stefan Wul	*Rayons pour Sidar*
290.	Brian Aldiss	*Croisière sans escale*
291.	Alexander Jablokov	*Sculpteurs de ciel*
292.	Jack Williamson	*Seul contre la Légion* (Ceux de la Légion, III)
293.	Robert Charles Wilson	*Les Chronolithes*
294.	Robert Heinlein	*Double étoile*
295.	Robert Silverberg	*L'homme programmé*
296.	Bernard Simonay	*La porte de bronze*
297.	Karl Schroeder	*Permanence*
298.	Jean-Pierre Andrevon	*Šukran*
299.	Robert Heinlein	*Sixième colonne*
300.	Steven Brust	*Jhereg*
301.	C.S. Lewis	*Au-delà de la planète silencieuse*
302.	Jack Vance	*Les langages de Pao*

303.	Robert Charles Wilson	*Ange mémoire*
304.	Steven Brust	*Yendi*
305.	David Brin	*Jusqu'au cœur du Soleil* (Le cycle de l'Élévation, I)
306.	James A. Hetley	*Le Royaume de l'été*
307.	Thierry Di Rollo	*Meddik*
308.	Cory Doctorow	*Dans la dèche au Royaume Enchanté*
309.	C. S. Lewis	*Perelandra*
310.	Christopher Priest	*La séparation*
311.	David Brin	*Marée stellaire*
312.	Ray Bradbury	*Les machines à bonheur*
313.	Jack Vance	*Emphyrio*
314.	C. S. Lewis	*Cette hideuse puissance*
315.	Frederik Pohl et C.M. Kornbluth	*Planète à gogos*
316.	Robert Holdstock	*Le souffle du temps*
317.	Stéphane Beauverger	*Chromozone* (La trilogie Chromozone, I)
318.	Michael Moorcock	*Le nomade du Temps*
319.	John Varley	*Gens de la Lune*
320.	Robert Heinlein	*Révolte sur la Lune*
321.	John Kessel	*Lune et l'autre*
322.	Steven Brust	*Teckla*
323.	Mary Gentle	*La guerrière oubliée* (Le livre de Cendres, I)
324.	Mary Gentle	*La puissance de Carthage* (Le livre de Cendres, II)
325.	Mary Gentle	*Les Machines sauvages* (Le Livre de Cendres, III)
326.	Mary Gentle	*La dispersion des ténèbres* (Le Livre de Cendres, IV)
327.	Charles Dickinson	Quinze minutes

Composition Interligne.
Impression CPI Firmin Didot
à Mesnil-sur-l'Estrée, le 2 novembre 2008.
Dépôt légal : novembre 2008.
1er dépôt légal : décembre 2001.
Numéro d'imprimeur : 92710.

ISBN 978-2-07-042120-6/Imprimé en France.

164700